A LENDA DO
BAAL SCHEM

Coleção Paralelos
Dirigida por J. Guinsburg

Equipe de realização:
Revisão de provas: Eloisa Graziela Franco de Oliveira; Capa: Sergio Kon; Projeto Gráfico: J. Guinsburg e Sergio Kon; Produção: Ricardo W. Neves, Raquel Fernandes Abranches e Heda Maria Lopes.

A LENDA DO
BAAL SCHEM

Coletada e Redigida
por

MARTIN BUBER

Ilustrações de
MEIRI LEVIN

Tradução
FANY KON E J. GUINSBURG

Título do original alemão
Die Legende des Baal-Schem

First Published 1908 Copyright © by 1997 the Estate Martin Buber

Direitos reservados em língua portuguesa à
EDITORA PERSPECTIVA S.A.
Av. Brigadeiro Luís Antônio, 3025
01401-000 São Paulo SP Brasil
Tel.: (0--11) 3885-8388
Telefax: (0--11) 3885-6878
www.editoraperspectiva.com.br
2003

SUMÁRIO

Dois Mestres do Bom Nome – *J. Guinsburg e Fany Kon* 9

Prefácio 11

Introdução 13

A Vida dos Hassidim
    Hitlahavut: do Fervor 23
    Avodá: do Serviço 29
    Kavaná: da Intenção 37
    Schiflut: da Humildade 45

As Histórias
    O Lobisomem 57
    O Príncipe do Fogo 61
    A Revelação 65
    Os Mártires e a Vingança 75
    A Viagem Celestial 79

Jerusalém	83
Saul e David	87
O Livro de Preces	93
O Julgamento	97
A História Esquecida	103
A Alma que Desceu	115
O Salmista	123
O Sábado Perturbado	129
A Conversão	137
O Retorno	147
De Poder em Poder	157
O Triplo Riso	163
A Linguagem dos Pássaros	167
O Chamado	175
O Pastor	181
Glossário	189

DOIS MESTRES DO BOM NOME

Na obra filosófica e literária de Martin Buber este é um livro fundador. Reunindo os relatos lendários tecidos à volta da figura e da pregação do Rabi Israel ben Eliezer ou, como ficou conhecido, o Baal Schem Tov (o Mestre do Bom Nome), estabeleceu um marco de uma meditação e de um trabalho que ultrapassaram de muito, como obra de pensador e de escritor, o intuito de promover a exclusiva renarração do ciclo de histórias transmitidas por uma tradição sectária e popular sobre a representação simbólica das "maravilhas", cujo halo envolve a realidade biográfica e histórica do carismático criador do Hassidismo. À luz dos ideais mitologizados deste *tzadik* (justo), tomam corpo não só os elementos e fatores que promoveram, nas pegadas da revolução teológica desencadeada pelo Sabataísmo, na Diáspora de Israel, o último movimento místico religioso do judaísmo pré-Ilustração (*Hascalá*) e um dos principais arautos das transmutações espirituais e sociais que iriam plasmar a visão de si e a percepção de mundo a serem instauradas pela modernidade judaica. Mais do que isso, revelam-se, além das posturas iniciais da reflexão de Buber sobre esse fenômeno do pietismo judaico e sua fenomenologia histórico-espiritual na consciência coletiva da grei mosaica, o tema central que seria elaborado pelo autor posteriormente e transformado na essência e na proposição fundante de seu pensamento filosófico: a relação dialógica, do homem com Deus, isto é, a do Eu-Tu.

Entretanto, todas essas profundas e, a nosso ver, verdadeiras vinculações e sementes contidas em *A Lenda do Baal Schem* não nos levam de modo algum à leitura de um texto tecnicamente filosófico ou especulativamente místico, redigido com este fim precípuo. Muito ao contrário, o leitor deparar-se-á aqui com um mestre prosador que, na magia de um estilo narrativo do melhor quilate literário, conduzi-lo-á com riqueza de sugestão e de metáforas às vias, aos mistérios e à humanidade sublimados nas vivências de um espírito cuja altitude, sem dúvida, alcançou o céu, sem tirar os pés da terra.

Na nossa tradução utilizamos, basicamente, como era exigência do Autor, a edição original alemã, temperando-a com desbastamentos eventuais que comparecem na tradução em língua inglesa. Esperamos que o leitor compartilhe de nossa avaliação quanto à beleza escritural do ensinamento que as páginas a seguir irão lhe desvelar.

J. Guinsburg e Fany Kon

PREFÁCIO

Já faz cinqüenta anos desde que as lendas da literatura hassídica lançaram seu feitiço sobre mim. Logo em seguida comecei a recontar as lendas do ciclo do Baal Schem, das quais surgiu este livro. O material existente era tão informe que fiquei tentado a lidar com ele como se fosse algum tipo de tema para a poesia. Que eu não tenha sucumbido a tal tentação, devo-o ao poder do ponto de vista hassídico, que encontrei em todas estas histórias. Havia algo de decisivo ali que precisava ser realmente lembrado. O que era isto pode ser depreendido do que se segue. Dentro desses limites, porém, que proíbem a introdução de motivos estranhos, restou à plasmação épica toda a liberdade. Somente algum tempo depois da publicação da edição original alemã deste livro, em 1907, impus um compromisso muito estrito à minha relação de autor com a tradição das lendas hassídicas – um compromisso que me obrigou a reconstruir a ocorrência pretendida em cada uma das história, individualmente, não importa quão tosca e desajeitada fosse a forma pela qual nos fora transmitida. Os resultados dessa nova relação, ao tomarem forma num trabalho que levou três décadas, foram coletados em *Os Contos dos Hassidim* (edição hebraica, 1947; edição inglesa, *Os Primeiros Mestres*, 1947, *Os Últimos Mestres*, 1948). Mais tarde, empreendi, pela primeira vez, para satisfazer a ambas – a verdade e a liberdade – a narrativa romanceada *Gog e Magog*, na edição hebraica, 1943.

A presente revisão de *A Lenda do Baal Schem*, realizada no verão de 1954, é de natureza puramente estilística; o caráter do livro manteve-se inalterado.

Martin Buber
Jerusalém, 1955

INTRODUÇÃO

Este livro consiste de uma resenha descritiva e vinte histórias. A resenha fala da vida dos *hassidim*, uma seita judaica do Leste europeu, que surgiu por volta da metade do século XVIII e subsiste ainda em nossos dias, de forma alterada. Os relatos contam a vida do fundador da seita, Rabi Israel ben Eliezer, chamado o Baal Schem, isto é, o Mestre do Bom Nome, ou seja, do Nome de Deus, que viveu entre cerca de 1700 a 1760, sobretudo na Podólia e na Volínia.

Mas a vida da qual iremos aqui tomar conhecimento não é o que comumente denominamos vida real. Não relato o desenvolvimento e o declínio da seita, nem descrevo seus costumes. Desejo apenas comunicar a relação com Deus e com o mundo que esses homens pretendiam, desejavam e buscavam viver. Tampouco, não enumero datas e fatos que constituem a biografia do Baal Schem. Construí sua vida a partir das lendas que contêm o sonho e o anelo de um povo.

A lenda hassídica não possui a força austera da lenda do Buda nem a intimidade da franciscana. Não germinou à sombra de antigos bosques nem nas encostas onde medram oliveiras verde-prateadas. Nasceu em estreitas ruelas e pequenos quartos mofados, transmitida de desajeitados lábios para orelhas de ansiosos ouvintes. Um tartamudeio a engendrou e um tartamudeio a levou adiante – de geração em geração.

Eu a tenho de livros populares, de caderno de anotações e panfletos, às vezes também de viva voz, da boca de pessoas que ainda ouviram o seu tartamudeio. Eu a recebi e a contei de novo. Não a transmiti como se fosse alguma peça de literatura; não a elaborei como se fosse algum material de fábula. Eu a contei de novo como alguém que nasceu mais tarde. Eu criei em mim o sangue e o espírito daqueles que a criaram e, do meu sangue e do meu espírito, ela se tornou nova. Eu me situo na cadeia dos narradores, um elo entre eles; eu conto uma vez mais as velhas histórias e, se elas soam como novas, é porque nelas o novo já se encontrava, adormecido, desde quando foram contadas pela primeira vez.

Meu narrar da lenda hassídica não alimenta tampouco a menor intenção de recriar essa vida "real" que se costuma chamar de cor local. Há algo terno e sagrado, algo secreto e misterioso, algo não reprimido e paradisíaco na atmosfera do *schtibel,* o pequeno quarto onde o rabi hassídico – o *tzadik,* o homem santo, o mediador entre Deus e o homem – distribui mistério e histórias com sábios e sorridentes lábios. Mas meu objetivo não é recriar essa atmosfera. Minha narrativa situa-se no solo do mito judaico, e o céu do mito judaico paira sobre ela.

Os judeus são um povo que nunca cessou de produzir mito. Em tempos antigos brotou uma corrente de força portadora de mito que desembocou – naquela época – no Hassidismo. A religião de Israel sentiu-se, em todas as épocas, ameaçada por essa corrente, mas é dela, de fato, que a religiosidade judaica tem recebido, em todos os tempos, sua vida interior.

Toda religião positiva esteia-se numa enorme simplificação daquilo que no mundo e na alma invade de forma tão múltipla e engolfa com força tão selvática: é a domação, a sujeição da plenitude da existência. Todo mito, pelo contrário, é a expressão da plenitude da existência, sua imagem, seu signo; e se abebera incessantemente das fontes jorrantes de vida. Por isso a religião combate o mito onde quer que não possa absorvê-lo e incorporá-lo. A história da religião judaica é, em grande parte, a história de sua luta contra o mito.

É estranho e maravilhoso observar como nessa batalha a religião ganha sempre, de novo, a aparente vitória, enquanto o mito ganha sempre, de novo, a real. Os profetas lutam por meio da palavra contra a multiplicidade dos impulsos do povo, mas em suas visões vive a fantasia extática dos judeus que os torna, sem que o saibam, poetas do mito. Os essênios desejavam alcançar o alvo dos profetas pela simplificação das formas de vida, e deles nasceu aquele círculo de homens que apoiou o Nazareno e criou sua lenda, o maior de todos os triunfos do mito. Os mestres do *Talmud* pretendiam erigir um eterno dique contra a paixão do povo pelo trabalho ciclópico da codificação das leis religiosas e, em meio deles, surgiram os fundadores dos dois poderes que, na Idade Média, tornaram-se os guardiões e vice-regentes do mito judaico: fundadores, por meio do ensinamento secreto, da Cabala e, fundadores, através da Agadá, da saga popular.

Quanto mais o exílio se prolongava e mais cruel se tornava, tanto maior parecia a necessidade de preservar a religião a fim de preservar a especificidade nacional e mais forte se fazia, portanto, a posição da lei. O mito teve de fugir. Refugiou-se no interior da Cabala e no seio da saga popular. A Cabala, na verdade, considerava-se superior à lei, como um degrau mais alto do conhecimento; porém, era um domínio de poucos, intransponivelmente afastada e alheia à vida do povo. A saga, em contraste, vivia de fato entre o povo e preenchia sua existência com ondas de luz e melodia. Mas via a si mesma como uma coisa reles que mal tinha o direito a existir; mantinha-se escondida no canto mais distante e não ousava olhar a lei nos olhos, muito menos desejava ser um poder paralelo a ela. Ficava orgulhosa e feliz quando aqui e ali era chamada a ilustrar a lei.

E, de súbito, entre os judeus das cidadezinhas da Polônia e da Ucrânia, ergueu-se um movimento no qual o mito se purificou e se elevou: o Hassidismo. Nele, a mística e a saga confluíram em uma única corrente. A mística fez-se uma possessão do povo e, ao mesmo tempo, assimilou todo o ardor narrativo da saga. E no sombrio, no desprezado Leste, entre rústicos e incultos aldeões preparou-se o trono para o filho de um milênio.

Grupos de *hassidim* ainda existem em nossos dias; o Hassidismo está em decadência. Mas os escritos hassídicos nos transmitiram seus ensinamentos e suas lendas.

O ensinamento hassídico é o anúncio do renascer. Nenhuma renovação do judaísmo é possível se não carregar dentro de si os elementos do Hassidismo.

A lenda hassídica é o corpo do ensinamento, seu mensageiro, seu signo ao longo do caminho do mundo. É a forma mais tardia do mito judaico que conhecemos.

A lenda é o mito da convocação. Isto significa: nela, a personalidade original do mito está cindida. No mito puro não há nenhuma diversidade de ser essencial. Ele conhece a multiplicidade, mas não a dualidade.

Até o herói encontra-se somente em outro degrau do que o do deus, mas não em frente dele: eles não são o Eu e o Tu. O herói tem uma missão mas não um chamado. Ele ascende, mas não fica transformado. O deus do puro mito não chama, ele gera; ele expede aquele a quem gerou, o herói. O deus da lenda convoca o filho do homem – o profeta, o homem santo.

A lenda é o mito do Eu e Tu, do convocador e do convocado, do finito que penetra no infinito e do infinito que tem necessidade do finito.

A lenda do Baal Schem não é a história de um homem, mas a história de uma convocação. Não narra um destino, porém uma vocação. Seu final já está contido em seu início, e um novo início, em seu final.

Ravena, outono de 1907.

A VIDA DOS HASSIDIM

HITLAHAVUT: DO FERVOR

Hitlahavut é "o abrasamento", o ardor do êxtase.
Uma espada flamejante guarda o caminho da árvore da vida. Ela espalha centelhas ao toque da *hitlahavut*. Suas chamas são mais poderosas do que ela. Para a *hitlahavut* o caminho está aberto, e todo limite submerge ante seu passo ilimitado. O mundo não é mais seu lugar: ela é o lugar do mundo.
A *hitlahavut* destrava para a vida o seu significado. Sem ela sequer o céu possui qualquer sentido e qualquer existência. "Se um homem satisfez o ensinamento inteiro e todos os mandamentos, mas não conheceu o êxtase e o abrasamento, quando morrer e passar para o além, abre-se-lhe o paraíso, porém, por não ter sentido o êxtase no mundo, tampouco o sentirá no paraíso".
A *hitlahavut* pode surgir em qualquer lugar e em qualquer ocasião. Cada hora é seu escabelo e cada ato o espaldar de seu trono. Nada pode contrapor-se-lhe nem rebaixá-la; nada pode lutar contra o seu poder que eleva todos os corpos ao seu espírito. Quem está nela está na santidade. "Ele pode pronunciar palavras fúteis com sua boca, no entanto, o ensinamento do Senhor está em seu íntimo nessa hora; ele pode rezar num sussurro, no entanto, seu coração grita em seu peito; ele pode estar sentado em uma comunidade de homens, no entanto, passeia com Deus:

misturado com as criaturas e, no entanto, isolado do mundo". Cada coisa e cada ato é assim santificado. "Quando um homem se prende a Deus, ele pode permitir que sua boca fale o que possa falar e seu ouvido ouça o que possa ouvir e ele ligará as coisas em sua raiz superior".

A repetição, a força que enfraquece e descolore tanto na vida humana, é impotente ante o êxtase, que se inflama sempre de novo e de novo, precisamente a partir dos acontecimentos mais comuns e uniformes. A *hitlahavut* pousava sobre um *tzadik,* quando ao recitar a Escritura, chegava às palavras "E Deus falou". Um sábio hassídico, que narrou isto a seus discípulos, acrescentou: "Mas eu também acho que, se alguém fala com veracidade e alguém recebe com veracidade, então uma palavra é suficiente para elevar e remir o mundo inteiro". Para o homem em êxtase, o habitual é eternamente novo. Um *tzadik,* que estava de pé junto à janela nos primeiros lampejos da manhã, bradou tremendo: "Há uma hora apenas era noite e agora é dia — é Deus que faz o dia subir!" E ali ficou cheio de medo, todo trêmulo. Ele também disse: "Todo ser criado deve envergonhar-se ante o Criador: fosse perfeito como estava destinado a ser, então teria de surpreender-se, despertar e inflamar-se com a renovação da criatura, a cada tempo e em cada momento".

Mas a *hitlahavut* não é uma repentina submersão na eternidade: porém, uma ascensão para o infinito, de degrau em degrau. Encontrar Deus significa encontrar um caminho que não tem fronteira. Na imagem deste caminho os *hassidim* viam o "mundo vindouro" ao qual jamais chamaram de Além. Um devoto viu em sonho um mestre morto. Este contou-lhe que, a partir da hora de sua morte, caminhou, cada dia, de mundo em mundo. E o mundo que ontem estivera estendido como céu sobre seus olhos, hoje tem a terra sob seus pés; e o céu de-hoje é a terra de-amanhã. E cada mundo é mais puro, mais belo e mais profundo do que o anterior.

Os anjos repousam em Deus, mas os espíritos santos vão adiante em Deus. "O anjo é aquele que está parado e o santo é o que viaja. Por isso o santo é superior ao anjo".

Tal é o caminho do êxtase. Se parece oferecer um fim, uma consecução, uma obtenção, uma aquisição, este é somente um derradeiro não e não um derradeiro sim: é o fim da coerção, o desvencilhar-se das últimas cadeias, a liberação é alçada acima de tudo o que é terreno. "Quando um homem se move de poder em poder e sempre para cima e mais para cima, até chegar à raiz de todo ensinamento e, de lá, de onde vem todo mandamento, ao Eu de Deus, a simples unidade e infinitude – quando ele lá se encontra, então todas as asas do mandamento e da lei se abatem e ficam como que destruídas. Pois o mau impulso é destruído, uma vez que ele se acha acima deles".

"Acima da natureza e acima do tempo e acima do pensamento" – assim é denominado quem está no fervor do êxtase. Ele se livrou de todo o sofrimento e de tudo o que é opressivo. "Doce sofrimento, eu te recebo com amor", dizia um *tzadik* moribundo e, Rabi Susya bradou, pasmado quando sua mão se retraiu do fogo em que ele a colocara: "Quão vulgar se tornou o corpo de Susya que teme o fogo". O homem no fervor do êxtase rege a vida, e nenhum acontecimento externo que penetra em seu reino pode perturbar sua inspiração. Conta-se que um *tzadik*, quando o sagrado repasto do ensinamento se prolongava até a alvorada, falava assim a seus discípulos: "Nós não entramos nos limites do dia, foi, antes, o dia que entrou em nossos limites e não temos necessidade de retroceder diante dele".

No êxtase tudo o que é passado e o que é futuro se aproxima do presente. O tempo encolhe, a linha entre as eternidades desaparece, só o momento vive e o momento é eterno. Em sua luz indivisa aparece tudo o que era e tudo o que será, simples e composto. Está ali como uma batida do coração ali está e torna-se, como ele, perceptível.

A lenda hassídica tem muito a contar daquelas pessoas maravilhosas que se lembravam de suas antigas formas de existência, que tinham consciência do futuro de seu próprio alento, que enxergavam de um fim do mundo ao outro e sentiam todas as mudanças que aconteciam na terra como algo que acontecia aos seus próprios corpos. Tudo isto, porém, não é aquele estado em que a *hitlahavut* domina o mundo do espaço e do tempo. Podemos talvez aprender algo deste último estado por duas ingênuas historietas que complementam uma a outra. É dito de um mestre que ele tinha de olhar para um relógio na hora do retiro fervoroso a fim de se manter neste mundo; e de um outro, que quando desejava examinar coisas individuais, precisava pôr óculos para restringir sua visão espiritual, "pois, do contrário, via todas as coisas individuais do mundo como uma só coisa".

Mas o degrau mais alto que nos é relatado é aquele no qual o indivíduo em retiro transcende seu próprio fervor. Quando um discípulo notou certa vez que o *tzadik* "foi ficando frio" e o censurou por isso, um outro lhe instruiu: "Há uma santidade muito elevada; se alguém nela penetra, a pessoa se desprende de todo ser e não pode mais inflamar-se". Assim, o fervor do êxtase se completa em sua própria suspensão.

Por vezes, se externa em uma ação, consagra-a e a preenche com um santo significado. A mais pura forma – aquela na qual todo o corpo serve à alma exaltada e na qual cada um de seus ascensos e descensos cria irmãos visíveis – é a dança. Relata-se do dançar de um *tzadik:* "Seu pé era tão leve quanto o de uma criança de quatro anos. E entre todos os que viram sua dança sagrada não houve um em quem a santificada conversão não tivesse se consumado, pois ele produziu em todos que o viram a um só tempo, quer o choro quer o enlevo". Ou a alma se apodera da voz do homem e a faz cantar aquilo que a alma experienciou nas alturas; e a voz não sabe o que faz. Assim, um *tzadik* postou-se em prece nos "dias temíveis" (no Ano Novo e no Dia da Expiação) e entoou novas melodias, "maravilha das maravilhas, que ele jamais ouvira e que nenhum ouvido humano jamais escutara, e o *tzadik* não sabia o que cantava nem como cantava, pois estava unido ao mundo superior".

A verdadeira vida de quem está no fervor do êxtase não é entre os homens. Diz-se de um mestre que ele se comportava como um estranho, conforme as palavras do Rei Davi: Viajante eu sou na terra. "Como um homem que vem de longe, da cidade onde nasceu. Ele não pensa em honrarias nem em coisa alguma para o seu próprio bem; só pensa em seu retorno à cidade de seu nascimento. Ele pode não possuir nada, pois sabe: Isto me é estranho e eu devo voltar para casa". Alguns caminham na solidão, na "errância". Rabi Susya costumava andar a passos largos por entre os bosques e entoar cantos de louvor com tão grande ardor que "quase se disse a seu respeito que ele não estava no seu juízo". Um outro só podia ser encontrado nas ruas e jardins. Quando o sogro o reprovou por isto, respondeu-lhe com a parábola da galinha que chocava ovos de ganso: "E quando ela viu sua ninhada nadando sobre a superfície da água, correu de um lado para outro em desespero, buscando socorro para os pobres coitados; e não compreendeu que isto representava para eles toda a sua vida: vagar sobre a superfície da água".

Ainda assim há outros mais profundamente apartados, cuja *hitlahavut*, em razão disto, ainda não foi preenchida. Tornam-se "instáveis e fugitivos". Vão para o desterro a fim de "sofrer o exílio com a *Schekhiná*". Um dos conceitos fundamentais da Cabala é que a *Schekhiná*, a Divina Presença "que habita o mundo", banida por seu incessante errar, separada de seu "senhor", será a Ele de novo unida somente na hora da redenção. Tais místicos extáticos erram, pois, sobre a terra, demorando-se nas distâncias silenciosas do exílio de Deus, companheiros do sagrado e universal acontecer da existência. O homem assim desprendido é amigo de Deus, "como um estranho é o amigo de outro estranho por conta de sua estranheza na terra". Há momentos em que ele divisa a *Schekhiná*, face a face, em forma humana, como aquele *tzadik* divisou, na Terra Santa, "na figura de uma mulher que chorava e se lamentava pelo esposo de sua juventude".

Mas não é somente em semblantes saídos da escuridão, e não apenas no silêncio da errância, que Deus se dá a quem arde por Ele; porém, desde todas as coisas da terra Seu olhar mira no íntimo daquele que busca e cada ser é o fruto no qual Ele Se oferece à alma ansiante. Desvelado é o ser nas mãos do santo. "Quem deseja por demais uma mulher e observa suas vestes multicoloridas, os sentidos dele não estão voltados para o pano faustoso e suas cores, mas para o esplendor da criatura desejada que nele está envolta. Os outros, porém, só enxergam as vestes e nada mais. Assim, aquele que deseja verdadeiramente abraçar Deus vê em todas as coisas do mundo apenas a força e o orgulho do Criador do começo dos começos que vive nelas. Mas, aquele que não está neste patamar vê as coisas como separadas de Deus".

Esta é a vida terrena da *hitlahavut* que paira por sobre todos limites. Ela é a filha de uma vontade humana e a senhora dos mundos, a centelha de uma criatura que precisa morrer e a flama que o espaço e o tempo consomem. Ela amplia a alma até o todo. Ela estreita o todo até o nada. Dela, fala um mestre hassídico, com palavras de mistério: "A criação do céu e da terra é o desdobramento do algo a partir do nada, a descida do mais alto para o mais baixo. Mas os santos que se desprendem separam do ser e, para sempre, se prendem a Deus, vêem e apreendam-No, em verdade, como se fora o nada tal qual antes da criação. Eles reconvertem o algo em nada. E isto é o mais maravilhoso: elevar o que está embaixo. Como está escrito na *Guemará:* A última maravilha é maior do que a primeira".

AVODÁ: DO SERVIÇO

A *hitlahavut* é abraçar a Deus sem tempo e sem espaço. A *avodá* é o serviço de Deus no tempo e no espaço.

A *hitlahavut* é a refeição mística. A *avodá* é a oferenda mística.

Estes são os pólos entre os quais a vida do santo oscila.

A *hitlahavut* silencia, porquanto permanece no coração de Deus. A *avodá* fala: "Quem sou eu e o que significa minha vida para que eu queira ofertar a Ti meu sangue e meu ardor?"

A *hitlahavut* está tão longe da *avodá* quanto a satisfação do anseio. E, no entanto, a *hitlahavut* brota da *avodá* como o encontro de Deus brota da procura de Deus.

O Baal Schem contava: "Um rei, certa vez, construiu um vasto e glorioso palácio com inúmeros aposentos mas, só uma única porta foi aberta. Quando a edificação terminou, anunciaram que todos os príncipes deveriam apresentar-se ao rei, sentado em seu trono, no último dos aposentos. Ao entrarem, porém, viram que aí havia portas abertas em todos os lados que levavam a sinuosas passagens na distância, e lá, de novo, havia portas e, de novo, passagens e nenhum fim se erguia diante dos olhos aturdidos. Então veio o filho do rei e viu que todo o labirinto era uma ilusão de espelhos e avistou seu pai, sentado no átrio, à sua frente".

O mistério da graça não é sujeito à interpretação. Entre procurar e encontrar estende-se a tensão de uma vida humana; na verdade, o retorno mil vezes repetido da temerosa alma errante. E, todavia, o vôo do instante é mais lento do que o preenchimento. Pois Deus quer ser procurado e como poderá Ele não desejar ser encontrado?

Quando o santo traz fogo sempre novo para que as brasas incandescentes no altar de sua alma não se extingam Deus, Ele próprio, pronuncia a fala sacrificial.

Deus governa o homem tal como Ele governou o caos no tempo da formação do mundo. "E como, quando o mundo começou a desdobrar-se e Ele viu que se continuasse a extravasar por todos os lados não mais seria possível trazê-lo de volta às suas raízes, Deus disse então: "Basta!" – assim é quando a alma do homem, em seu sofrimento, se derrama sem direção e o mal torna-se tão poderoso nela que logo a alma não mais poderá retornar à casa, então Sua compaixão desperta e Ele diz: "Basta!".

Mas o homem também pode dizer "basta!" à multiplicidade dentro dele. Quando se recompõe e se unifica, aproxima-se da unidade de Deus – ele serve a seu Senhor. Isso é *avodá*.

É dito de um *tzadik;* "Com ele, o ensinamento, a prece, a alimentação e o sono são todos uma só coisa, e ele pode elevar a alma à sua raiz".

Todo agir unido em uma única ação e a vida infinita contida em cada ato: isso é *avodá*. "Em todos os atos do homem – no falar, no olhar, no ouvir, no caminhar e estacar e no deitar – o ilimitado está vestido".

De cada ação nasce um anjo, um anjo bom ou um mau. Porém, de confusos e indiferentes atos que não têm sentido ou força, nascem anjos com membros torcidos ou sem cabeça ou sem mãos ou pés.

Quando de toda ação transluzem as ondas vindas do sol universal e as luzes se concentram em cada ato, isso é o serviço. Mas nenhuma ação especial é eleita para este serviço. Deus deseja que cada um O sirva de todas as maneiras.

"Há dois tipos de amor: o amor do homem por sua mulher, que deve se expressar apropriadamente, em forma reservada e não onde haja espectador, pois este amor só pode ultimar-se em um lugar isolado em que não haja outras criaturas; e o amor por irmãos e irmãs e por crianças, que não necessita de nenhum ocultamento. Do mesmo modo, há duas espécies de amor a Deus: o amor por meio do ensinamento e prece e do cumprimento dos preceitos – este amor deve ser apropriadamente consumado em silêncio e não em público, de maneira a não desencaminhar alguém para a glória e para o orgulho – e o amor, no decurso do tempo em que a pessoa está misturada às criaturas, quando fala e ouve, quando dá e toma juntamente com elas e, ainda assim, no arcano do coração, se mantém fiel a Deus e não cessa de pensar Nele. E este é um degrau mais elevado do que aquele, e dele é dito: 'Ó, que sejais como meu irmão que mamou nos seios de minha mãe! Se eu vos encontrar na rua e vos beijar não deveis, pois, me desdenhar'. "

Isto, porém, não é para ser entendido como se houvesse nesse tipo de serviço uma fissura entre o ato terreno e o ato celeste. Ao contrário, cada movimento da alma resgatada é um vaso da consagração e do poder. Conta-se de um *tzadik* que ele santificara de tal modo todos os seus membros que, a cada passo de seus pés, uniam-se mundos entre si. "O homem é uma escada apoiada na terra e tocando o céu com sua cabeça. E todos os seus gestos, ocupações e palavras deixam traços no mundo superior".

Aqui reside o significado interior da *avodá*, que provém das profundezas do antigo ensinamento secreto judaico e ilumina o mistério dessa dualidade do fervor e do serviço, do ter e do procurar.

Na dualidade, nela Deus caiu através do mundo criado e de seus atos: na essência de Deus, *Elohut*, que está oculto às criaturas, e na presença de Deus, a *Schekhiná*, que habita nas coisas, errante, perdida e dispersa. Somente a redenção reunirá as duas na eternidade. Mas é dado ao espírito humano, por seu serviço, aproximar a *Schekhiná* de sua fonte, ajudá-la a ingressar nela. E, nesse momento do retorno-a-casa, antes que tenha de descer de novo no ser das coisas, aquieta-se o torvelinho que se precipita através da vida das estrelas, extinguem-se as tochas da grande devastação, escapa o açoite da mão do destino, apazigua-se a dor do mundo e atenta: a graça das graças surgiu, as bênçãos gotejam sobre a infinitude. Até que a força do entrelaçamento começa a arrastar para baixo a Glória de Deus e tudo volta a ser como antes.

Eis o significado do serviço. Apenas a prece que ocorre pelo amor à *Schekhiná* vive verdadeiramente. "Através de sua necessidade e sua carência conhece ele a carência da *Schekhiná*, a fim de pedir que a carência da *Schekhiná* seja preenchida e que, por meio dele, dele que pede, ocorra a unificação de Deus com Sua *Schekhiná*". O homem deve saber que seu sofrimento vem do sofrimento da *Schekhiná*. Ele é "um de seus membros" e a satisfação do que ela carece é, por si só, a genuína satisfação de suas carências. "Ele não pensa na satisfação de suas necessidades, nem das mais simples nem das mais elevadas, que ele não possa ser como aquele que corta as plantas eternas e cria a separação. Antes, ele tudo faz por amor às necessidades da *Schekhiná* e por si mesmo tudo é resolvido, também o seu próprio sofrimento é silenciado com o silenciar das raízes superiores. Pois tudo, acima e abaixo, é *uma* unidade". "Eu sou a prece", declara a *Schekhiná*. Um *tzadik* dizia, "os homens pensam que rezam diante de Deus, mas não é assim, pois a prece, ela mesma, é divindade".

Na estreiteza do eu nenhuma prece pode medrar. "Aquele que reza em sofrimento por causa da melancolia que o domina e pensa que reza por temor a Deus, ou aquele que reza em alegria por causa do esplendor de sua disposição e pensa que reza por amor a Deus – sua prece não tem nenhum valor. Pois, esse temor é somente melancolia e esse amor é apenas alegria vazia".

Conta-se que o Baal Schem certa vez permaneceu à soleira da casa de orações e não quis entrar. Disse, na repulsa: "Eu não posso entrar aí. A casa está cheia até a borda de ensinamento e prece". E quando seus seguidores ficaram atônitos, porque lhes parecia que não poderia haver maior louvor do que este, ele lhes explicou: "As palavras que as pessoas falam aqui, no correr do dia, sem verdadeira devoção, sem amor e compaixão, são palavras que não possuem asas. Elas permanecem entre as paredes, se espalham no chão, se estendem, camada sobre camada, como folhas apodrecidas, até que a podridão tenha abarrotado a casa a ponto de transbordar e não haja mais lugar para mim, lá dentro".

A prece pode ser declinada de duas maneiras diferentes: se é proferida sem intenção interior e se os atos anteriores daquele que reza estendem-se como pesada nuvem entre ele e o céu. O obstáculo só pode ser sobrepujado se o homem se elevar à esfera do fervor e se purificar em sua graça, ou se outra alma em êxtase puser em liberdade as palavras agrilhoadas e as carregar para cima, junto com as suas próprias. Assim, conta-se de um *tzadik* que ele permaneceu por longo tempo mudo e sem movimento, durante a prece da congregação, e só depois começou a rezar, "assim como a tribo de Dan dirigiu-se para o fim do acampamento e juntou tudo o que estava perdido". Sua palavra tornou-se uma vestimenta em cujas pregas as preces, que estavam presas embaixo, ter-se-iam apegado e sido levadas para o alto. Esse *tzadik* costumava dizer acerca da prece: "Eu me uno a Israel inteiro, com aqueles que são maiores do que eu, para que, por meio deles, meus pensamentos possam ascender, e com aqueles que são menores do que eu, para que possam subir por meu intermédio".

Mas este é o mistério da comunidade: não só o mais baixo necessita do mais alto mas, também, o mais alto necessita do mais baixo. Aqui reside outra distinção entre o estado do êxtase e o estado do serviço. *Hitlahavut* é o caminho e a meta individual; uma corda é estirada sobre o abismo, amarrada a duas árvores esguias sacudidas pela tormenta: na solidão e no pavor ela é palmilhada pelo pé do errante. Aqui, não há nenhuma comunidade humana, nem na dúvida nem na consecução. O serviço, todavia, está aberto a muitas almas em sua união. Ele não protege da agonia do terror, mas está livre dos mais sombrios temores. Ele não é uma corda, porém, uma ponte, aquele que vem pela corda abraça além o braço do amado; a ponte abre ao errante o pórtico do rei. O êxtase nada quer exceto sua ultimação em Deus, ele se entrega a isto. No serviço vive um propósito, uma *kavaná*, os desejosos ligam-se uns aos outros para maior unidade e poder. As almas se atam umas às outras para maior unidade e poder. Há um serviço que só a comunidade pode preencher.

O Baal Schem contava uma parábola: "Alguns homens estavam parados sob uma árvore muito alta. E um deles tinha olhos para ver. Ele viu que no topo daquela árvore havia um pássaro esplêndido, de real beleza. Mas os outros não o viam. E aquele homem foi tomado de um grande desejo de chegar até o pássaro e pegá-lo; e ele não conseguia sair dali sem o pássaro. No entanto, devido à altura da árvore, isto estava acima de seu poder e ali, tampouco, havia uma escada à mão. Mas, por ser o seu desejo irresistível, encontrou um meio de executá-lo. Juntou os homens que estavam à sua volta e os dispôs uns sobre os outros, cada um sobre os ombros de seu camarada. Ele, entretanto, escalou até o topo, de modo que chegou ao pássaro e o apanhou. Os homens, todavia, embora o tivessem ajudado, nada sabiam do pássaro e não o viam. Mas, ele que sabia e o via não teria podido alcançá-lo sem eles. Se, mais ainda, aquele que estava abaixo de todos abandonasse seu lugar, então os que estavam acima deste teriam caído ao chão. E o Templo do Messias é chamado o ninho do pássaro no livro do *Zohar*".

Mas, isto não é como se apenas a prece do *tzadik* fosse recebida por Deus ou como se apenas esta fosse agradável a Seus olhos. Nenhuma prece é mais forte em graça e penetra em vôo mais direto através de todos os mundos celestes do que a do homem simples que nada sabe dizer e sabe oferecer a Deus somente os inquebrantados deveres de seu coração. Deus os acolhe como um rei acolhe o canto do rouxinol em seus jardins, ao crepúsculo, um canto que lhe soa mais doce do que a homenagem dos príncipes na sala do trono. A lenda hassídica não chegou jamais a esgotar os exemplos do favor que brilha na pessoa indivisa e da força de seu serviço. Um deles será aqui relatado.

Um judeu que morava num povoado e, ano após ano, nos "dias terríveis", ia à casa de orações do Baal Schem, tinha um filho. Este, que era lerdo no entendimento, nunca conseguiu sequer apreender o traçado das letras e muito menos entender as palavras sagradas. O pai não o levava à cidade naqueles dias de penitência, pois ele nada compreendia. Todavia, quando completou treze anos e estava na idade de receber as leis de Deus, o pai o levou com ele, no Dia da Expiação, a fim de impedi-lo de comer algo, naquele dia de mortificação, por falta de conhecimento e compreensão. O rapaz, porém, costumava carregar consigo um pequeno apito, que sempre fazia soar quando estava no campo pastoreando os carneiros e bezerros. Desta vez também ele o trouxera consigo, no bolso, sem que o pai soubesse disso. Chegando, pois, à casa de orações, o menino ficou ali sentado durante as horas sagradas e não soube dizer nada. Mas ao iniciar-se a reza da manhã, o *mussaf,* falou ao pai: "Pai, trouxe comigo o meu apito, e quero soprá-lo". Então, o pai sentiu-se muito incomodado e ordenou-lhe: "Cuide-se para não fazê-lo". E ele precisou segurar-se para não o soar. Porém, chegada a hora da prece da tarde, o *minkhá,* ele tornou a pedir: "Pai me deixe pegar meu apito agora". O pai ficou bravo e perguntou-lhe: "Onde você o guarda?" e, quando o rapaz lhe mostrou o lugar, o pai colocou a mão sobre o bolso e lá a manteve, daí em diante, a fim de prender o apito. Mas a prece do anoitecer, a *neilá,* começou e as luzes queimavam trêmulas no entardecer e os corações queimavam como as luzes, inexauridos pela longa espera. E, através da casa, as dezoito bênçãos seguiam uma vez mais em seu caminho, fatigadas, porém eretas em seu passo. E a grande confissão retornou pela última vez e prostrou-se de novo diante da arca do Senhor, com a testa no chão e os braços estendidos, antes que o anoitecer descesse e Deus julgasse. Então o menino não pôde mais conter seu fervor; arrancou o assobio do bolso e fez com que sua voz soasse poderosa. Todos ficaram espantados e desnorteados. O Baal Schem, porém, levantou-se acima deles e falou: "O decreto foi rompido e a cólera foi banida da face da terra".

Assim é cada serviço que procede de uma alma conciliadora na sua simplicidade ou reconciliada na sua discordância – suficiente e completo. Porém, há ainda um mais alto. Pois, quem ascendeu da *avodá* para a *hitlahavut* e mergulhou sua vontade nela, recebe dela somente seus atos, essa criatura ultrapassou cada serviço à parte. "Todo *tzadik* tem seu modo especial de servir. Mas, quando os *tzadikim* contemplam suas raízes e atingem o Nada, então podem servir a Deus em todos os degraus". Por isso um deles falou assim: "Eu permaneço diante de Deus como um moço de recados". Pois ele (o *tzadik*) chegou à perfeição e ao Nada a tal ponto que não tem mais nenhum caminho especial. "Ou melhor, ele está pronto para todos os caminhos que Deus lhe possa mostrar, como o moço de recados está pronto para tudo que o seu mestre lhe ordenar". Aquele que assim serve em perfeição venceu a dualidade primeva e introduziu a *hitlahavut* no coração da *avodá*. Ele habita no reino da vida, embora todas as paredes tenham caído, todas as pedras de demarcação tenham sido desarraigadas, toda separação tenha sido destruída. Ele é o irmão das criaturas e sente o olhar delas como se fora o seu próprio, o passo delas como se fossem dados por seus próprios pés, o sangue delas como se fluísse em seu próprio corpo. Ele é o filho de Deus e coloca sua alma ansiosa e segura na grande mão estendida para os céus, para além de todas as terras e mundos desconhecidos. "Ele torna seu corpo o trono da vida e a vida, o trono do espírito e o espírito, o trono da alma e a alma, o trono da luz da glória de Deus, e a luz jorra à sua volta e o envolve, e ele senta-se no meio da luz e freme e rejubila-se".

KAVANÁ: DA INTENÇÃO

A *kavaná* é o mistério de uma alma dirigida para uma finalidade. A *kavaná* não é a vontade. Ela não pretende transplantar uma imagem para o mundo das coisas reais; nem prender um sonho ao objeto que esteja à mão para ser experimentado à conveniência de alguém em saciada repetição. Nem, tampouco, para jogar a pedra da ação nas ondas do acontecer, a fim de que se agitem por um momento e se surpreendam, apenas para logo a seguir retornarem às profundas ordens de seu existir; nem para acender uma faísca no estopim que atravessa a sucessão das gerações, para que uma chama possa saltar de época em época até extinguir-se numa delas, sem o menor sinal ou despedida. Não é este o significado da *kavaná*, o de que os cavalos a puxar a grande carruagem sintam mais um impulso ou que mais um edifício deva ser erigido sob o superlotado mirar das estrelas. A *kavaná* não significa propósito, mas finalidade.

Mas não há quaisquer *finalidades*, salvo *a finalidade*. Há somente *uma* finalidade que não mente, que não se emaranha em nenhum novo caminho em que todos os caminhos desembocam, ante a qual nenhum descaminho pode jamais escapar: a redenção.

A *kavaná* é um raio da glória de Deus que habita em cada homem e significa redenção.

Esta é, porém, a redenção pela qual a *Schekhiná*, de seu exílio, retorna para casa. "Que todas as cascas sejam retiradas da *Schekhiná* e que ela se purifique e que ela se una em sua própria e perfeita unidade". A este sinal o Messias há de aparecer e tornar todos os seres livres.

Para muitos, ao longo de toda a sua vida, é como se isto devesse acontecer aqui e agora. Pois, o crente ouve as vozes do porvir bramando nas gargantas e sente a semente da eternidade no solo do tempo como se estivesse em seu sangue. E assim, jamais pode ele pensar de outro modo exceto que *este* é o momento e *este* momento é o escolhido. E cada vez mais ardentemente o compele sua imaginação, pois, cada vez mais imperiosamente, lhe falam as vozes e, de maneira cada vez mais exigente, se intumesce a semente.

Conta-se de um *tzadik* que ele esperava a redenção com tamanha ansiedade que, ao ouvir um tumulto na rua, ficava logo ansioso por saber o que ocorrera e se, talvez, já não havia chegado o mensageiro; e toda vez que ia dormir, ordenava ao criado que, se o mensageiro viesse, ele o acordasse no mesmo instante. "Pois a vinda do redentor estava tão profundamente implantada no seu coração que era como se fosse um pai que aguarda seu filho único vindo de uma terra distante, e ele se posta na torre de guarda e fica a mirar pela janela e, quando alguém abre a porta, precipita-se para fora a fim de ver se talvez seu filho não chegou". Outros, porém, estão cientes de que este vir tem uma medida, enxergam o lugar e a hora da via e sabem a que distância está Aquele que vem. Em tudo se lhes apresenta o estado incompleto do mundo, as carências do ser lhes fala. Qual uma fruta imatura é o mundo a seus olhos. No seu íntimo, são partícipes da glória – então, olham para fora: tudo está em luta.

Quando o grande *tzadik*, Rabi Menakhem, estava em Jerusalém, aconteceu que um homem insensato escalou o Monte das Oliveiras e soprou a trompa do *schofar*. Ninguém o viu. Espalhou-se entre o povo que esse sopro do *schofar* seria aquele que anunciava a redenção. Quando isto chegou aos ouvidos do rabi, ele abriu a janela e olhou para fora e observou o ar em torno do mundo. E disse imediatamente: "Aqui não há renovação alguma".

Tal é o caminho da redenção: que todas as almas e todas as centelhas de almas que jorraram da alma primeva e que na escuridão original do universo, ou pelo pecado dos séculos, submergiram e se dispersaram em todas as criaturas devam concluir sua errância e retornar a casa purificadas. Os *hassidim* falam disso na parábola do príncipe que só permite o início do banquete quando o último dos seus convidados é introduzido.

Todos os homens são o abrigo das almas errantes. Estas habitam em muitas criaturas e aspiram, de forma em forma, à perfeição. Mas, aqueles que não conseguem purificar-se são aprisionados pelo "mundo da confusão" e habitam em charnecas, em pedras, em plantas, em animais, esperando pela hora da redenção.

Não apenas almas encontram-se em toda a parte encerradas, mas, também, centelhas de almas. Estas, não há coisa que não as tenha. Elas vivem em tudo o que existe. Cada forma é seu cárcere.

E este é o sentido e a destinação da *kavaná*: que é dado aos homens erguer os caídos e libertar os aprisionados. Não se deve apenas esperar, não se deve apenas ficar à espreita: o homem pode atuar para a redenção do mundo.

Isto é simplesmente a *kavaná:* o mistério da alma que está dirigida para redimir o mundo.

Conta-se de algumas santas criaturas que elas pretendiam trazer a redenção pela tempestade e pela força. Neste mundo – quando ficavam a tal ponto abrasadas pela graça do fervor que, para elas, nada mais parecia inalcançável, pois haviam certamente abraçado Deus. Ou no mundo por vir – um *tzadik* disse à morte: "Meus amigos foram para lá, queriam trazer o Messias e, no entanto, esqueceram-se disso. Eu, porém, não esquecerei".

Na verdade, todavia, cada pessoa só pode atuar em seu domínio. Cada qual tem, no espaço e no tempo, uma esfera de existência específica que lhe foi concedida para ser redimida por meio dele. Lugares que estão carregados de centelhas não recolhidas, esperam pelo homem que virá até elas com a palavra da liberdade. Quando um *hassid* não pode rezar em um lugar e vai para outro, então o primeiro lhe pergunta: "Por que não quisestes pronunciar sobre mim as palavras sagradas? E, se existe o mal em mim, depende de ti me redimir". Mas, também, todas as viagens têm destinos secretos dos quais o viajante não é cônscio.

Dizia-se de alguns *tzadikim* que eles possuíam um poder de ajudar as almas errantes. Em todos os tempos, mas, especialmente, quando permaneciam em prece, os errantes da eternidade apareciam diante deles implorando e desejando receber a salvação de suas mãos. Porém eles, também, por impulso próprio, sabiam como encontrar os mudos entre os banidos no exílio dos corpos exaustos ou na escuridão dos elementos e os elevar.

Esta ajuda é representada como uma carruagem impressionante em meio a perigos ameaçadores, à qual somente o santo homem pode atrelar-se sem ser atirado ao chão. "Quem possui alma pode deixar-se arrastar ao abismo, firmemente atado a seus pensamentos, como a uma corda muito forte à borda superior, que ele há de retornar. Mas quem conta apenas com vida, ou com vida e espírito, esta pessoa que ainda não atingiu o degrau do pensamento, com ela o vínculo não agüentará e ela cairá nas profundezas".

Mas assim como é dado apenas, também, à coragem serena dos abençoados mergulhar na escuridão a fim de socorrer uma alma entregue ao turbilhão da errância, do mesmo modo não é negado, nem mesmo à mais ínfima das criaturas, elevar de sua prisão as centelhas perdidas e enviá-las para casa.

Tudo, em toda a parte, encerra essas centelhas, elas pendem das coisas como fontes seladas; elas se curvam no ser como em grutas emparedadas; elas esperam. E aquelas que habitam no espaço circunvagueiam como borboletas enlouquecidas à volta dos movimentos do mundo, procurando ver em qual deles devem penetrar para serem redimidas por seu intermédio. Todas elas aguardam a liberdade.

"A centelha numa pedra ou numa planta ou em outra criatura é como uma figura completa, que está sentada no meio das coisas como num bloco, de maneira que mãos e pés não possam se esticar e a cabeça se apoia nos joelhos. Aquele, porém, que está apto a elevar a centelha sagrada a conduz à liberdade e nenhuma libertação de prisioneiros é mais importante do que esta. É como quando o filho de um rei é salvo de seu cativeiro e reconduzido a seu pai."

Mas esta libertação não acontece por meio de fórmulas de exorcismo ou de qualquer espécie de ação prescrita ou especial. Tudo isso brota a partir do terreno da outridade, que não é o terreno da *kavaná*. Nenhum salto do habitual para o miraculoso é necessário. "Através de cada ação pode o homem trabalhar sobre a figura da *Schekhinà*, de modo que ela possa sair do ocultamento". Não a matéria da ação, mas a sua dedicação que é decisiva. Só o que você faz na uniformidade da recorrência ou na disposição dos acontecimentos, somente esta resposta é adquirida pela prática ou obtida através da inspiração, resposta da pessoa atuante aos variados desejos das horas, só isto conduzirá – quando feito em consagração – à redenção. Aquele que roga e canta em santidade, come e fala em santidade, em santidade toma o banho ritual prescrito e em santidade é cuidadoso em seus negócios, por meio dele é que as centelhas caídas são elevadas e os mundos caídos são redimidos e renovados.

Ao redor de cada homem – instalado na larga esfera de sua atuação – estende-se um círculo natural de coisas às quais ele está, antes de tudo, destinado a libertar. São elas os seres e os objetos que são considerados as posses desse indivíduo: seus animais e suas paredes, seu jardim e seu prado, suas ferramentas e sua comida. À medida que ele os cultiva e os desfruta em santidade, liberta suas almas. "Por isso um homem deve sempre ser compassivo em relação às suas ferramentas e a todas as suas posses".

Mas também na própria alma aparecem aquelas que necessitam libertação. A maioria são centelhas que caíram, por causa do pecado desta alma, em uma de suas vidas anteriores. Elas são os pensamentos estranhos, perturbadores que amiúde assaltam o suplicante. "Quando o homem posta-se em prece e deseja unir-se à Eternidade e pensamentos estranhos vêm e descem sobre ele: são eles centelhas sagradas que afundaram e desejam ser elevadas e redimidas por ele; e as centelhas pertencem a ele, são irmanadas às raízes de sua alma: são seus próprios poderes que lhe cumpre redimir". Ele as redime quando restitui cada pensamento turvo à sua fonte pura, permite que cada impulso intencional em relação a uma coisa específica deságue no todo do divino impulso e permite que tudo que é estranho submerja na divina singularidade.

Esta é a *kavaná* do receber: que a pessoa redima as centelhas nas coisas circundantes e as centelhas que se aproximam vindas do invisível. Mas há ainda outra *kavaná*, a *kavaná* do dar. Ela não carrega para mãos prestativas quaisquer raios d'alma desgarrados; ela une mundos, uns aos outros, e governa nos mistérios, ela verte a si mesma na distância, sedenta. Tampouco ela necessita de feitos miraculosos. Seu caminho é a criação e a palavra anterior a todas outras formas de criação.

Desde sempre a linguagem representou para a mística judaica um objeto cheio de mistério e de espantoso poder despertante. Apresenta-se nela uma peculiar teoria do alfabeto como elementos do mundo, a qual trata de suas combinações como do íntimo da realidade. A palavra é um abismo através do qual o locutor dá largas passadas. "As palavras devem ser pronunciadas como se os céus nelas se abrissem. E como se não fosse algo em que você toma a palavra em sua boca, mas como se você entrasse na palavra". Aquele que conhece a melodia secreta que transporta o interior para o exterior, que conhece a sagrada ciranda que amalgama as palavras solitárias e tímidas no cântico dos longes está pleno da força de Deus, "e é como se criasse céu e terra e todos os mundos de novo". Ele não encontra diante de si o seu reino como sucede ao libertador das almas, ele o estende do firmamento às profundezas silenciosas. Mas também ele atua para a redenção. "Pois cada signo contém os três: mundo, alma e divindade. Eles se levantam e se ligam e se unem um com outro e, depois, unem-se os signos e se faz a palavra e, as palavras se juntam em Deus em genuína união, pois um homem engastou sua alma nelas e todos os mundos se unem e se levantam, e nasce o grande enlevo." Assim a criatura atuante prepara a União Final do Todo.

E como a *avodá* deságua na *hitlahavut*, princípio primordial da vida hassídica, assim, também, aqui a *kavaná* deságua na *hitlahavut*. Pois, criar significa ser criado: o divino se move e nos subjuga. E ser criado é êxtase: somente aquele que imerge no Nada do Incondicionado recebe a mão modeladora do espírito. Isto é representado numa parábola. Não é dado a nenhuma coisa no mundo recriar-se em si mesma e alcançar uma nova forma sem que alcance antes disso o Nada, ou seja, a "forma do entremeio". Nenhuma criatura pode existir nela, ela é a força anterior à criação e chama-se caos. Assim é o ovo gorado que não chega a pintainho e a semente que não brotou antes de germinar na terra e apodrece. "E isto é denominado sabedoria, isto é, um pensamento que não tem nenhuma revelação. E assim é: se o homem deseja que uma nova criação provenha dele, é preciso que venha com toda sua potencialidade à qualidade do estado do nada e, então, Deus gera dentro dele uma nova criação, e ele é como uma fonte que não seca e uma corrente que não se exaure."

O testamento do ensinamento hassídico da *kavaná* é, pois, duplo: que o prazer, a interiorização daquilo que está fora, deve ocorrer em santidade e que a criação, a exteriorização daquilo que está dentro, suceda em santidade. Através da criação sagrada e do sagrado prazer realiza-se a redenção.

SCHIFLUT: DA HUMILDADE

Deus nunca faz a mesma coisa duas vezes, dizia Rabi Nakhman de Bratzlav.

O existente é único e acontece uma só vez. Novo e inexistente antes, ele emerge da maré das recorrências, acontece e imerge outra vez nela, irrepetível. Cada coisa surge outra vez, mas, cada uma, transformada. E os arremessos e quedas que regem as grandes criações do mundo, e a água e o fogo que modelam a forma da terra, e as misturas feitas e desfeitas que preparam a vida do vivente, e o espírito do homem com toda sua relação de tentativa e erro para com a complacente abundância do possível – todos eles, juntos, não podem criar algo igual nem trazer de volta uma das coisas aqui selada como aquilo que já foi e deixou de ser. A singularidade é uma eternidade do indivíduo. Pois, este com sua inextinguível unicidade fica gravado no coração do todo e permanece para sempre no regaço do intemporal como aquele ser assim constituído e não de outra maneira.

Portanto, a singularidade é o bem essencial do homem, que lhe é dado para ser desenvolvido. E exatamente este é o significado do retorno, de que a sua unicidade nele se torna sempre mais pura e mais completa; e de que, em cada nova vida, aquele que retorna se encontra em um estado de incomparabilidade sempre mais tranqüila e serena. Pois, a singularidade pura e a perfeição pura são uma só coisa e aquele que se tornou tão inteiro e absolutamente único, de tal modo que nenhuma outridade tem mais poder sobre ele e lugar dentro dele, esse indivíduo completou a viagem e está redimido e reentra no seio de Deus.

"Todo homem deve saber e considerar que, em suas qualidades, ele é único no mundo e que ninguém igual a ele jamais viveu, pois nunca antes existiu alguém como ele, senão não seria preciso que ele existisse. Mas, cada qual é, na verdade, um novo ente no mundo e deve aperfeiçoar sua qualidade especial, visto que, por ela não ser perfeita, é que o advento do Messias tarda."

Somente a seu próprio modo, e não de nenhum outro estranho, pode aquele que se esforça aperfeiçoar-se. "Quem se prende ao degrau de seu companheiro e descuida do seu próprio, por seu intermédio nem ele nem o outro ficarão realizados. Muitos agiram como o Rabi Schimon ben Iokhai e em suas mãos esta ação não deu certo, porque não eram da mesma natureza do que ele, mas apenas agiram da forma que viram ele agir movido por sua natureza".

Mas, assim como o homem procura Deus em solitário fervor e, no entanto, há um elevado serviço que somente a comunidade pode preencher, e, assim como o homem realiza coisas imensas com seu agir cotidiano e, no entanto, não o faz sozinho, porém necessita para tal ação do mundo e das coisas, do mesmo modo a unicidade do homem se comprova em sua vida com os outros. Pois, quanto mais singular um homem é, na verdade, tanto mais poderá dar ao outro e tanto mais ele lhe dará. E esta é sua única aflição, de que seu doar é limitado por aquele que o recebe. Pois "o doador está do lado da misericórdia e o recebedor está do lado do juízo do rigor. E assim é com cada coisa. Como quando alguém despeja de um grande recipiente para um cálice: o recipiente verte de sua plenitude, mas o cálice estabelece o limite da doação".

O indivíduo vê Deus e O abraça. O indivíduo redime os mundos caídos. E ainda assim o indivíduo não é um todo, mas uma parte. Por mais puro e mais perfeito que seja, tão mais intimamente ele sabe que é uma parte e tão mais ativamente agita-se nele a comunidade da existência. Esse é o mistério da humildade.

"Cada homem possui uma luz sobre si e quando dois homens se encontram com suas almas, as duas luzes se encontram uma com a outra e delas irradia *única* luz. E isto é chamado de geração." Sentir a geração universal como um mar e, a si mesmo, como uma onda, eis o mistério da humildade.

Mas não é humildade quando alguém "se rebaixa demasiado e esquece que o homem, através de sua palavra e seu gesto, pode trazer sobre todos os mundos, aqui embaixo, as bênçãos transbordantes". Isso é denominado humildade impura. "O maior mal é quando você esquece que é filho de um rei." Na verdade, porém, é humilde aquele que sente o outro como a si mesmo e a si mesmo no outro.

Soberba significa medir-se por contraste aos outros. O homem arrogante não é aquele que conhece a si próprio, mas aquele que compara a si próprio com outros. Nenhum homem pode ensoberbecer-se a si mesmo quando se apoia em si próprio: visto que todos os céus lhe estão abertos e todos os mundos lhe estão entregues; aquele que se ensoberbece é aquele que pensa sobrepor-se ao outro, que vê a si mesmo como superior à mais humilde das coisas, aquele que governa com peso e medida e pronuncia julgamento.

"Se o Messias chegasse hoje", um *tzadik* dizia, "e afirmasse, 'Você é melhor do que os outros', eu lhe diria então, 'Você não é o Messias'. "

A alma do arrogante vive sem obra e essência; ela esvoaça e se afana e não é abençoada. Os pensamentos cuja verdadeira intenção não é o pensado, porém eles próprios e seu brilho, são sombras. O ato que visa, não a finalidade, mas a importância, não tem corpo, somente superfície, não tem existência, somente aparência. Quem mede e pesa torna-se vazio e irreal como a medida e o peso. "Aquele que está cheio de si mesmo, em seu interior não há lugar para Deus".

Conta-se que havia um moço que se entregou à reclusão e se afastou das coisas do mundo a fim de concentrar-se unicamente no estudo e no serviço e permaneceu solitário, jejuando de *Schabat* a *Schabat,* estudando e rezando. Porém, em sua mente, para além de todo o propósito consciente, brilhava diante de seus olhos o orgulho por essa ação. E, assim, todo o seu trabalho reverteu para o "outro lado", e o divino não teve parte alguma nele. Mas, seu coração era tangido, cada vez mais fortemente, e não sentia que soçobrava enquanto os demônios já jogavam com suas ações, e ele se imaginava totalmente possuído por Deus. Então sucedeu, uma vez, que ele se debruçou para fora de si mesmo e deu-se conta das coisas mudas e alienadas que o rodeavam: daí a compreensão o assaltou, e ele contemplou seus atos empilhados aos pés de um ídolo gigantesco, e mirou a si mesmo no enganoso vazio, abandonado ao inominado. Tudo isto foi relatado e nada mais.

O humilde, contudo, possui a "força atrativa" . Durante todo o tempo em que o homem vê a si próprio acima e diante dos outros, ele tem um limite, "e Deus não pode verter sua santidade dentro dele, pois Deus não tem limite". Porém, quando um homem repousa em si mesmo como no nada, ele não está limitado por nenhuma outra coisa, ele é ilimitado e Deus verte Sua glória dentro dele.

A humildade aqui tencionada não é uma virtude desejada nem praticada. Não é nada senão modo de ser íntimo, sentimento e expressão. Em nenhum lugar há nela uma compulsão, em nenhum lugar, uma automodéstia, um autocontrole, uma autodeterminação. É indivisível como o olhar de uma criança e singela como a fala de uma criança.

O homem humilde mora em cada ser e conhece cada um de seus hábitos e virtudes. Por ninguém ser para ele "o outro", sabe intimamente que, dentro de cada um, deverá haver algum valor escondido; sabe que aqui, neste mundo, "não há homem que não tenha a sua hora". Para ele, as cores do mundo não se misturam umas às outras, ou melhor, cada alma permanece ante ele na majestade de sua existência particular. "Em cada homem existe um tesouro inestimável que não existe em nenhum outro. Portanto, deve-se distinguir cada homem por seu valor oculto que apenas ele e nenhum de seus camaradas possui".

"Deus não olha para o lado do mal", dizia um *tzadik*; "como poderia eu me atrever a fazê-lo?"

Aquele que vive no âmago conforme o mistério da humildade não pode condenar ninguém. "Aquele que profere uma sentença sobre um homem, proferiu-a sobre si próprio."

Quem se separa do pecador, entra na culpa. Mas o santo pode sofrer pelos pecados de um homem como pelos seus próprios. Viver com o outro é por si só justiça.

Viver com o outro como forma de conhecer é justiça. Viver com o outro como forma de ser é amor. Pois esse sentimento de estar perto e de querer estar muito perto, que os homens chamam de amor, nada mais é senão uma recordação de uma vivência celestial: "Aqueles que estavam um junto ao outro no Paraíso, e eram vizinhos e parentes, estão também perto um do outro, neste mundo". Na verdade, porém, o amor é algo que tudo compreende e tudo suporta e se alarga a todos os viventes sem escolha e distinção. "Como pode dizer a meu respeito que eu sou o guia da geração", dizia um *tzadik*, "quando ainda sinto dentro de mim, com mais força, o amor aos que me são próximos e à minha semente, do que a todos os filhos do homem?" Que essa opinião também se estende aos animais dão testemunho os relatos de Rabi Wolf, o qual jamais seria capaz de gritar com um cavalo, de Rabi Mosché Leib, que dava de beber às cabras negligenciadas no mercado, de Rabi Susya que não podia ver uma gaiola "e a desdita de um pássaro e seu anseio de voar no espaço do mundo e de ser, conforme a sua natureza, um livre viageiro", sem abri-la. Mas, não apenas os seres a quem a vista curta da multidão atribui o nome de "vivente" é que são parte do amor dos amantes: "Não existe coisa no mundo em que não haja vida, e cada uma recebeu de sua vida a forma na qual permanece ante os seus olhos. E, veja, esta vida é a vida de Deus".

E é isso que se pretende: o amor aos vivos é o amor a Deus, e é superior a qualquer outro serviço. Um mestre perguntou a um de seus discípulos: "Você sabe que duas forças não podem empalmar a mente humana ao mesmo tempo. Se, então, você levantar de sua cama amanhã e dois caminhos se apresentarem diante de você: o amor a Deus e o amor ao homem, qual deveria vir primeiro?" "Não sei", respondeu o outro. Então falou o mestre: "Está escrito no livro de preces que se acha nas mãos do povo: Antes de rezar, diga as palavras: Ama o teu companheiro como a ti mesmo. Você acha que os veneráveis ordenaram isto sem qualquer propósito? Se alguém disser a você que ele tem amor a Deus mas não tem amor aos vivos, ele fala com falsidade e finge dispor de algo que é impossível".

Por isso, quando alguém se afastou de Deus, o amor ao homem é sua única salvação. Quando um pai se queixou ao Baal Schem: "Meu filho se desviou de Deus – o que devo fazer?", ele replicou: "Ame-o mais".

Esta é uma das palavras hassídicas básicas: amar mais. Suas raízes enterram-se muito fundo e estendem-se muito longe. Quem compreendeu isso pode ter um novo entendimento da categoria do judaísmo. Há uma grande movimento em seu interior.

Um grande movimento e, no entanto, mais uma vez, apenas um som perdido. É um som perdido, quando em algum lugar – naquele escuro quarto sem janela – e seja quando for – naqueles dias sem o poder da mensagem – os lábios de um homem anônimo, a ser logo esquecido, do *tzadik* Rabi Rafael, formam estas palavras: "Se um homem percebe que seu companheiro o odeia, ele deve amá-lo tanto mais. Pois a comunidade dos vivos é a carruagem do esplendor de Deus, e onde houver uma fissura na carruagem, é preciso preenchê-la, e onde for tão pouco o amor que a disposição divina afrouxe, é preciso amar mais em *seu próprio* lado, a fim de preencher a falta".

Uma ocasião, antes de uma viagem, esse Rabi Rafael disse a um discípulo que ele deveria sentar-se a seu lado no carro. "Temo que eu possa torná-la muito apertada para o senhor", respondeu o outro. E o rabi, com voz exaltada, replicou: "Assim sendo, amemo-nos mais um ao outro: então haverá lugar de sobra para nós".

Eles devem permanecer aqui como testemunhos, o símbolo e a realidade, distintos e, no entanto, um só, inseparáveis, a carruagem da *Schekhiná* e o carro dos amigos.

É o amor a um ser que vive em um reino maior do que o reino do indivíduo e fala de um saber mais profundo do que o saber do indivíduo. Ele está, na verdade, *entre* as criaturas, quer dizer, está em Deus. A vida coberta e garantida pela vida e a vida vertendo-se na vida. Só assim você conhece, primeiro, a alma do mundo. O que um está carecendo, o outro vem ao seu encontro para preencher. Se um ama muito pouco, o outro amará mais.

As coisas ajudam-se umas as outras. Mas ajudar significa: mesmo em uma vontade conjunta, fazer o seu, por si mesmo. Como aquele que ama mais não prega amor ao outro, mas ele mesmo ama e, em certo sentido, não se importa com o outro, assim o homem que ajuda, em certo sentido, não se importa com o outro, mas faz a sua parte, por si mesmo, pela intenção de ajudar. Isto significa que o que propriamente acontece entre os seres não acontece por meio de seu relacionamento, mas por meio da ação de cada um deles, por si mesmo, aparentemente solitária, aparentemente despreocupada, aparentemente desligada. Isto é dito na parábola: "Se um homem canta e não consegue alçar sua voz e outro vem para ajudá-lo e começa a cantar, então o primeiro também pode agora alçar sua voz. E este é o segredo da união".

Ajudar um ao outro não é tarefa, porém uma coisa inteiramente compreensível e a realidade na qual a vida comunitária dos *hassidim* está fundamentada. Ajudar não é virtude, porém uma artéria da existência. Este é o novo sentido do velho ditado judaico segundo o qual as boas ações salvam da morte. Manda o preceito que aquele que presta ajuda não deve pensar nos outros, em quem possa ajudar na ajuda, nem em Deus nem nos homens, e não deve julgar que é uma força parcial a quem cabe somente contribuir e, sim, que cada um deve responder e ser responsável como uma totalidade. E mais uma coisa ainda, e isso é, de novo, nada mais do que a expressão do mistério da *schiflut*: não se deve ajudar por compaixão, ou seja, por causa de uma fisgada aguda e rápida de dor que alguém quer exorcizar, mas por amor, ou seja, por convivência com o outro. O compadecente não vive com o padecer do padecente, ele não carrega isso no coração como alguém que carrega a vida de uma árvore, com tudo que ela sorve e germina, com o sonho de suas raízes e o anelo de seu tronco e os milhares de sendas de seus ramos, ou como alguém que carrega a vida de um animal com todo seu deslizar, estirar, agarrar e toda a ventura dos seus tendões e de suas juntas e a entorpecida tensão de seu cérebro. Não carrega em seu coração essa essência especial, o padecer do outro; mas, sim, recebe da feição mais externa desse padecer uma fisgada aguda e rápida de dor, intransponivelmente dissimilar à dor original do padecente. E assim ele é movido. Mas aquele que ajuda deve com-viver com o outro, e apenas a ajuda que surge da com-vivência com o outro pode manter-se de pé perante os olhos de Deus. Assim, conta-se de um *tzadik* que, quando um pobre provocava sua compaixão, providenciava primeiramente tudo para atender suas necessidades mais prementes, e depois, porém, quando sentia dentro de si que a ferida da compaixão estava curada, mergulhava com grande, tranqüilo e devotado amor na vida e necessidades do outro, incorporava-as como se fossem sua própria vida e necessidades e começava, na verdade, a ajudar.

Aquele que vive com os outros desta forma realiza com suas ações a verdade de que todas as almas são uma só; pois, cada qual é uma centelha da alma primordial, ela está, por inteiro, em todas elas.

Assim vive o humilde que é o homem justo, o amante, aquele que ajuda: misturado com todos e intocado por todos, devotado à multiplicidade e reunido em sua singularidade, preenchendo nos cimos rochosos da solidão o vínculo com o infinito e no vale da vida o laço com o terreno, (florescendo na profunda devoção e recolhimento de todo anelo do desejado)[1]. Ele sabe que tudo está em Deus e saúda Seus mensageiros como amigos confiáveis. Ele não tem medo do antes e do depois, do acima e do abaixo, deste mundo e do além. Ele está em casa e jamais pode ser expulso. (A terra não pode ajudar, mas pode ser seu berço; o céu não pode ajudar mas pode ser seu espelho e seu eco).

---

1. As frases em parênteses constam da versão americana (N.T.)

AS HISTÓRIAS

O LOBISOMEM

Quando a morte surpreendeu o velho Rabi Eliezer, o pai do menino Israel, ele lhe rendeu sem nenhuma resistência a alma que, no decorrer dos muitos anos terrenos de errância, se exaurira e ansiava pela fonte ígnea da renovação. Seus olhos turvos, porém, continuavam a buscar sempre mais uma vez e novamente a loira cabeça do garoto; e, quando a hora do desenlace chegou, ele o tomou uma derradeira vez em seus braços, e segurou com intenso fervor essa luz de seus últimos dias que despontara tão tardiamente para ele e para sua mulher, entrada em anos. Lançou-lhe um olhar penetrante como se desejasse concentrar sob a fronte o ainda sonolento espírito, e falou,

"Meu filho, o Adversário há de confrontá-lo no início, no decurso e no término; na sombra do sonho e em carne viva. Ele é o abismo por sobre o qual você precisa voar. Haverá tempos em que você descerá como um raio em seu último esconderijo e, diante de seu poder, ele se dispersará como uma tênue nuvem; e haverá tempos em que ele o envolverá com brumas de espessa escuridão e você deverá resistir em solidão. Mas, estes e aqueles tempos irão desaparecer e você será o vencedor em sua alma. Por saber que sua alma é um minério que ninguém pode triturar e, somente Deus pode fundir. Por isso, não tema o Adversário."

A criança leu com olhos atônitos as palavras daquela boca ressequida. As palavras afundaram em seu íntimo e lá permaneceram.

Quando Rabi Eliezer faleceu as pessoas devotas da comunidade tomaram a si o cuidado do menino pelo amor que haviam tido por seu pai. E, quando chegou o devido momento, enviaram-no à escola. Ele, porém, não gostava daquele lugar apertado e barulhento; repetidamente fugia para a floresta onde se deliciava entre as árvores e os animais e se movia confiante na verde mata sem o menor temor pela noite e pelo clima. Quando o traziam de volta, com ásperas reprimendas, mantinha-se calado por ao menos alguns dias, sob a monótona cantilena do professor; depois então, escapava tão sorrateiramente quanto um gato e se enfiava dentro da floresta. Passado um tempo as pessoas que cuidavam dele decidiram que haviam zelado o suficiente; além do que, seus afãs com aquela criatura arisca constituíam completo desperdício. Portanto, deixaram-no ir e ele, sem ter que responder a ninguém, permaneceu no agreste e cresceu segundo os moldes das criaturas sem fala.

Quando fez doze anos empregou-se como ajudante do professor, incumbindo-lhe conduzir os garotos de suas casas à escola e às suas casas novamente. Então, as pessoas da entorpecida cidadezinha testemunharam uma notável transformação. Dia após dia, Israel conduzia uma procissão cantante de crianças pelas ruas até a escola e, mais tarde, guiava-os para casa outra vez por um extenso desvio, atravessando campina e floresta. Os meninos não mais curvavam suas pálidas e pesadas cabeças como antes. Exultavam e carregavam flores e ramos verdes nas mãos. Em seus corações ardia a devoção. Tão grande e crescente era a chama que se elevava que rompeu a espessa fumaça da miséria e confusão a pesar sobre a terra e flamejou céu adentro. E eis que, lá no alto, ela brilhou num reflexo deslumbrante.

Mas o Adversário encheu-se de inquietação e ódio e ascendeu até o céu. Aí apresentou sua queixa sobre o que estava começando a acontecer lá embaixo e que ameaçava fraudá-lo em seu trabalho. Solicitou que lhe fosse permitido descer e medir sua força com o mensageiro precoce e isto lhe foi concedido.

Então ele desceu e misturou-se com as criaturas da terra. Andou entre elas, ouviu-as, experimentou e pesou, mas, por um longo período, não encontrou ninguém que servisse ao propósito de sua trama. Por fim, na floresta onde Israel passara os dias de sua infância, o Adversário deparou com um carvoeiro, um rapaz tímido que evitava as pessoas. Em determinadas épocas, este moço era compelido a transformar-se, à noite, em lobisomem e, de longe, precipitava-se sobre as granjas, atacando às vezes um animal e enchendo de pavor a um viajante retardatário; no entanto, jamais fazia qualquer mal a quem quer que fosse. Seu coração simples e ingênuo contorcia-se sob essa amarga compulsão; trêmulo e opondo resistência, escondia-se na moita quando a mania o acometia, mas não conseguia vencê-la. Foi assim que o Adversário o encontrou dormindo, certa noite, já tomado de convulsões ante o aproximar-se da transformação e o julgou adequado para servir-lhe de instrumento. Cravou sua mão no peito dele, arrancou-lhe o coração, escondeu-o na terra e, depois, enfiou na criatura o seu próprio, semente da semente das trevas.

Ao raiar do sol, quando Israel conduzia o grupo de crianças cantando, por amplo arco no prado, ao redor da cidadezinha, o lobisomem irrompeu da ainda adormecida floresta e precipitou-se sobre o grupo com a boca disforme, gotejando a sua baba. As crianças correram, dispersando-se em todas as direções, algumas caíram por terra desfalecidas, outras se agarraram gemendo a seu guia. O animal desapareceu entrementes, e nenhuma calamidade ocorreu. Israel juntou e confortou os pequenos; ainda assim, o incidente trouxe intensa confusão e abalo à cidade, especialmente porque várias crianças caíram com febre alta devido ao pavor, ardendo em sonhos angustiosos e gemendo nos quartos obscurecidos. Nenhuma mãe permitiu mais que seu filho ficasse na rua e ninguém sabia o que fazer.

Então as palavras de seu pai moribundo voltaram ao jovem Israel e agora, pela primeira vez, assumiram seu sentido. Assim, foi de casa em casa e assegurou aos pais desesperados que poderiam novamente confiar-lhe os pequeninos, pois tinha certeza de que poderia protegê-los do monstro. Ninguém foi capaz de se lhe opor.

Reuniu as crianças ao seu redor e falou-lhes como se fossem adultos, na verdade ainda com mais ênfase, e suas almas se lhe abriram totalmente. Conduziu-as outra vez na hora matinal à campina, ordenou-lhes que o esperassem ali e entrou sozinho na floresta. Tão logo aí se embrenhou, o animal irrompeu; postou-se em frente das árvores e, diante dos olhos do jovem cresceu até o céu, cobriu a floresta com seu corpo e a campina com suas garras e a baba sanguinolenta de sua boca escorria ao redor do sol nascente. Israel não retrocedeu, pois a palavra de seu pai estava com ele. Parecia-lhe como se estivesse indo cada vez mais longe e estivesse entrando no corpo do lobisomem. Não havia pausa ou obstáculo para seus passos até chegar ao escuro coração em brasa, de cujo fúnebre espelho redondo todos os seres do mundo são refletidos, descoloridos por um ódio abrasador. Para manter-se firme, Israel precisava refugiar-se na profundeza do amor de Deus. Imediatamente isto lhe foi dado à sua mão. Ele agarrou o coração e fechou os dedos fortemente em volta dele. Então, sentiu-o pulsar, viu gotas escorrerem e sentiu o infinito sofrimento que havia dentro dele, desde o primórdio dos tempos. Ele o depositou delicadamente na terra, que no mesmo instante o engoliu, viu que estava sozinho no limiar da floresta, sentiu-se aliviado e voltou para junto das crianças.

No caminho avistaram o carvoeiro estendido sem vida no limiar da floresta. Aqueles que passaram por ele pasmaram-se com a grande tranqüilidade de seu semblante e não mais puderam compreender o medo que ele lhes havia inspirado, pois vê-lo morto era como contemplar uma grande e informe criança.

Desse dia em diante os meninos esqueceram seu cantar e começaram a parecer-se com seus pais e avós. E quando cresceram e percorriam o campo curvavam as cabeças entre os ombros como seus pais haviam feito.

O PRÍNCIPE DO FOGO

Quando Rabi Adam, o homem que conhecia os segredos da magia, estava adiantado em anos, assaltou-o a ansiedade em decidir para quem deveria deixar seus livros secretos, após a morte. Neles estava anotado o caminho para o poder com o qual, por vezes, havia agarrado a máquina do destino. Nascera-lhe um filho, é verdade, mas ele era apenas seu herdeiro corporal. Isto se tornou dolorosamente claro ao rabi no decorrer de longos anos e sua vontade parecia-lhe dividida e sua arte incompleta, pois elas não tinham impedido que isso acontecesse. Certa vez, no auge de sua força, cerrara, por toda a noite, os punhos contra o céu e disputara com o Inominado, que olhava para baixo, sobre todo o seu jogo desafiante, como se fosse uma ousadia insolente de um garoto. Mais tarde, seu espírito abrandou-se, erguia-se, noite após noite, em sonho, e propunha a pergunta: "A quem, Ó Senhor, devo deixar a fonte de meu poder?" Por longo tempo perguntou em vão e a escuridão de seu sonho permanecia muda. Porém, uma noite veio uma resposta: "Você deve enviá-la ao Rabi Israel, o filho de Eliezer, que reside na cidade de Okop, e a ele confiá-la".

Nos dias que se seguiram, sentiu que seu fim corpóreo se aproximava. Chamou pois o filho e, na reclusão de seu quarto, abriu a caixa onde escondia as páginas que continham todo seu mistério. Resistindo à dor dos tempos passados que ameaçava renovar-se outra vez, nessa hora imprópria, instruiu o filho: "Leve-as a Israel, a quem elas pertencem. Considere como uma elevada graça se ele se mostrar disposto a estudá-las com você, e permaneça humilde em todas as ocasiões, pois você é somente o mensageiro escolhido para transportar ao herói a espada para ele forjada por espíritos silenciosos, em longos ciclos de tempo, debaixo da terra".

Passado pouco tempo o velho faleceu. O filho, depois de ter entregue a parte mortal de seu pai à terra, juntou seus pertences terrenos e viajou com os livros do falecido para Okop. No caminho refletiu, com algumas hesitações, como deveria proceder a fim de encontrar lá esse Israel destinado a ser o herdeiro de seu pai e dar a ele próprio seu amparo. Alcançando a cidade, as pessoas o acolheram com honras, pois ele lhes deu a saber que era o filho do fazedor de milagres e achou que era fácil viver entre elas, de olhos bem abertos, para procurar o escolhido. Porém, conforme procurava informar-se, nenhuma outra possibilidade se apresentou à sua mente perscrutadora, senão o menino Israel, de apenas quatorze anos completados, que prestava pequenos serviços na casa de orações. Todavia, embora o menino agisse, aos olhos de todos, como convinha à sua idade, ainda assim, em sua busca, o filho do rabi adivinhou imediatamente que aquele rapazinho ocultava à curiosidade do mundo uma graça secreta. Dirigiu-se ao cabeça da comunidade e solicitou um lugar sossegado na casa de orações onde pudesse aplicar-se, em paz, à sabedoria sagrada, e pediu que lhe concedessem o menino Israel como servidor. O chefe comunitário e os outros ficaram felizes em atendê-lo e consideraram uma grande honra para o jovem Israel estar ligado ao filho do poderoso rabi.

O filho, porém, fazia de conta, agora, estar absorvido no conteúdo dos elevados livros e de não notar o que se passava ao seu redor. Com isso, o menino sentia-se contente, pois, assim, podia entregar-se ao seu costume de levantar-se de seu colchão todas as noites, enquanto se supunha que estivesse em sono profundo, e devotar-se ao Estudo. Logo, entretanto, o jovem rabi descobriu isso e ficou à espera apenas do momento apropriado para pô-lo à prova. Certa noite, tão logo o jovem se enfiou em sua cama e pouco depois caiu no sono, o outro levantou-se, pegou uma página dos textos mágicos e a colocou sobre o peito do garoto. A seguir, apressou-se a retornar a seu próprio catre e se manteve quieto. Depois de quase uma hora viu o menino virar-se, primeiro intranqüilo, depois, ainda entorpecido pela modorra, pegar a página e, finalmente, como que seguro por poderosas mãos, mergulhar no escrito, ao clarão de uma pequena lamparina a óleo. Para o observador era como se o quarto se tivesse tornado mais brilhante e maior enquanto o garoto lia. Por fim, Israel escondeu a folha em suas roupas e novamente desmoronou em sua cama.

De manhã, o rabi chamou o menino e revelou-lhe sua missão. "Eu lhe dou uma coisa que raramente esteve em mãos mortais", disse-lhe. "Por séculos ficou submersa, então aflorou novamente para dotar um espírito humano com o fluxo primevo da força. Meu pai foi o último dessa curta série. Agora, de acordo com a determinação dele, ela lhe pertence. Quando você se debruçar sobre os escritos, deixe que minha alma seja o ar que absorve suas palavras".

"Assim deverá ser como você diz", respondeu Israel. "Contudo mantenha silêncio para que ninguém, a não ser eu e você, saiba disso".

O rabi concordou. Mas, para que o segredo pudesse ficar assegurado, decidiram deixar a casa de orações e mudar-se para uma casinhola afastada nos arredores da cidade. Os judeus de Okop consideraram como uma inesperada graça que o filho de Rabi Adam tomasse Israel sob sua proteção, permitindo-lhe que tomasse parte do Estudo e, por não terem outra explicação, atribuíram isto ao mérito de seu pai Eliezer.

Assim aconteceu entrarem os dois em tal solidão que diante dela, até as vozes da terra emudeceram.

O jovem Israel devotou-se inteiramente e sem reservas aos escritos maravilhosos cujo sentido acolheu em seu imo. O filho do Rabi Adam, porém, cultivava uma inteligência aguda. Desejava desvendar e pesar o estranho saber que brotava dos velhos livros e, por fim, provar o poder que havia na fórmula mágica. Na carência dessas coisas, sua alma se contraía e, dos olhos turvos, o espreitava, muito infeliz. O jovem Israel notou isso e disse, "O que seus olhares reclamam, meu irmão? O que lhe pode fazer falta nesses dias?"

Então o rabi suspirou e replicou: "Menino, oxalá minha alma fosse tão intacta quanto a sua! Mas o que penetra em você como o mel e acalma seu espírito, a mim me corrói por dentro como a líxivia em feridas. Dentro de mim vêm e vão dúvidas que nunca são silenciadas. Só há alguém que possa me ajudar, e se você quisesse – você que agora tem poder sobre a palavra – poderíamos chamá-lo, é o Príncipe do Estudo".

O menino Israel ficou aterrorizado. "Não atropele o tempo determinado para a nossa espera", bradou: "A hora ainda não chegou".

Desapontado o rabi fechou-se. Sua tez amarelou e seu olhar envesgou, de tal modo que Israel, compadecido, sobrepujou seu próprio medo e ordenou ao rabi que se preparasse para que, juntos, pudessem estar prontos para a aventura.

A fim de alcançar a *kavaná* da alma que é necessária para compelir o Guardião do Estudo estava prescrito que a pessoa não devia desfrutar de comida ou bebida, da véspera do *Schabat* até a outra véspera do *Schabat*, nem permitir acesso a nenhuma mensagem terrena, mas, antes, passar o tempo em completo retiro. Assim, eles prepararam a casa e trancaram as portas e janelas. Depois purificaram-se no banho ritual e jejuaram, da véspera do *Schabat* à véspera do *Schabat*, e, por fim, no início da última noite, concentraram suas almas no mais alto fervor e, Israel, com os braços erguidos, evocou o encantamento na escuridão. Mas quando terminou, tombou por terra e exclamou: "Ai de nós, meu irmão! Você permitiu que um erro se infiltrasse em nossa *kavaná*. Assim, uma desgraça ingressou aqui e eu já o vejo, o vizinho do Guardião, o Príncipe do Fogo, como ele se adianta e estende as asas a fim de voar para baixo. Se nossas pálpebras fecharem-se esta noite cairemos em seu poder. Só há uma salvação: que permaneçamos acordados até o amanhecer e lutemos sem esmorecer". Eles se atiraram ao chão e imploraram ao espírito para que não lhes permitisse adormecer. Um suave fulgor envolvia a casa e dele emanavam tentações para o repouso. Perto da manhã, o rabi perdeu o poder de resistência e apoiou a cabeça contra a parede. O menino procurou levantá-lo, mas o braço já enrijecido do rabi levantou-se sozinho e o balbucio de uma negra blasfêmia irrompeu de sua boca. Então a chama o apunhalou no coração e ele desabou, no chão.

A REVELAÇÃO

No mais longínquo declive oriental dos Cárpatos, erguia-se uma escura e atarracada estalagem campestre. Seu estreito jardim fronteiriço com os canteiros de flores exalavam o vigor da montanha, mas, na parte de trás, as trapeiras do telhado cintilavam até as extensas, amarelas planícies que se estendiam à luz.

A pequena pousada era inteiramente isolada. Em dias de feira mal passavam algumas pessoas pelo caminho, camponeses, mercadores judeus dos vilarejos nas montanhas, despendiam ali uma hora e bebiam para comemorar entre si uma boa compra ou venda; mas, apenas raramente um caçador ou um viajante lá entravam. Quando um hóspede chegava era saudado por uma esbelta mulher de olhos castanhos e convidado a sentar-se. Então, ela se dirigia para fora da casa e fazendo da mão uma concha sobre a boca lançava um chamado, com voz límpida, na direção dos rochedos, "Israel!"

No rochedo dianteiro, a pouca distância da casa, havia uma gruta. Muita luz do sol estendia-se à entrada e pesada escuridão no solo. Ao longo dos lados, sendas dirigiam-se para cima, no escuro, da altura e da largura de um homem, como se durante as horas da noite alguém entrasse por ali no reino interior da terra. A caverna era silenciosa e impenetrável aos ruídos; porém, quando o sonoro chamado da mulher lá chegava, então, o ar como um fiel servidor, carregava-o até aquele a quem era dirigido. Onde quer que estivesse, se perto da escuridão do solo da gruta ou perto da entrada, ele acorria ao chamamento, em largas passadas em direção ao pátio e detinha-se imediatamente diante do hóspede a fim de servi-lo. Mas, o hóspede de quem ele se acercava era tomado por um sobressalto no coração. Mesmo os camponeses e mercadores que conheciam o homem há vários anos sentiam-se cada vez, de novo, possuí-dos por um profundo respeito diante de seu olhar, não importa quão gentil fosse sua saudação e quão cuidadosos fossem seus gestos.

Era um homem de uns trinta anos ou mais. Os anos lhe haviam chegado, pesadamente carregados de mistério, e tinham transcorrido. Ele não ficava olhando atrás deles e tampouco ia ao encontro dos que vinham. Ao seu redor, havia espera: os picos lá no alto olhavam para ele, embaixo, e esperavam, as fontes levantavam os olhos para ele, esperando; ele, porém, não esperava. Desses anos nada é contado senão que ele, em companhia de sua mulher, com quem vagara por longo tempo na penúria, morava na escarpa oriental das montanhas e servia aos hóspedes. A caverna na montanha ainda permanece incólume; lá se pode contemplar a abóbada e as trilhas.

Uma certa manhã, porém, o olho do pico e o olho da fonte foram revelados ao homem. Ele reconheceu que se encontrava em meio de uma espera. A terra de sua caverna queimava, desde a entrada reinava o silêncio, o sussurrar das paredes recuava; vozes o chamavam. Da abóbada trovejou uma ordem, seu eco ressoou nas trilhas, as vozes onde quer que estivessem juntaram-se em *uma* única voz.

A esta manhã seguiu-se o dia, e ao dia muitos dias; a ordem avolumou-se sobre a cabeça do homem. Ele ouviu o passo da hora se aproximando da distância.

E outra manhã tornou a despontar, tudo em volta clareou, e o saber veio a ele suavemente. A ordem calou-se, e o Baal Schem mirou mundo adentro.

Nessa manhã Rabi Naftali estava a caminho da planície. Visitara um amigo ao sul da montanha e, embora sua viagem de volta já durasse dias, sentia-se ainda tomado pela conversa que tivera com seu amigo. Rabi Naftali não pensava em nada mais exceto nisso. Foi assim que a carroça chegou à pequena estalagem camponesa no último declive. Lá, a palavra emudeceu dentro do Rabi Naftali e ele olhou para o alto com espanto. Tão logo avistou a casa com o claro jardim fronteiriço, sentiu-se de repente fatigado. Apeou-se da carroça e entrou na casa. A mulher o saudou, pediu-lhe que sentasse e gritou, com as mãos em concha sobre a boca, para o rochedo, lá do outro lado: "Israel!" Logo Rabi Naftali viu o hospedeiro aproximar-se, com longas e firmes passadas, inclinando-se sorridente. Podia-se notar naquele homem que ele era um judeu, porém usava um traje de camponês, o casaco curto de pele de carneiro com um cinto grosso multicolorido e botas altas cor de terra e nenhum gorro camponês cobria seus longos cabelos loiros. Isto aborreceu o rabi e não foi de maneira muito cordial que lhe comunicou seu pedido. O homem manteve seu sorriso e a humildade de sua postura e serviu o rabi de maneira tão agradável que lhe pareceu quase estranha a delicadeza com que aquele homem grande e obviamente forte se movia.

Depois de descansar algum tempo, Rabi Naftali o chamou: "Israel, prepare-me a carroça, pois desejo prosseguir viagem".

O hospedeiro saiu para cumprir a ordem, mas, ao se encaminhar, virou-se em parte e disse com a face sorridente: "Seis dias levam do começo ao *Schabat* – por que não poderia o senhor permanecer mais seis dias e guardar o *Schabat* comigo?"

Então o rabi o repreendeu e mandou que se calasse, pois palavras frívolas lhe eram ofensivas. Israel silenciou e aprestou a carroça.

Quando Rabi Naftali se pôs a conduzi-la, prosseguindo a viagem, não teve como retomar a conversa, de novo, em seu espírito. Embora continuasse, não menos, a esforçar-se e não quisesse desistir, aconteceu que todas as coisas ficaram confusas a seus olhos. Um grande torvelinho o envolveu, de modo que ele prosseguiu em meio a coisas confusas e revolvendo-se confusamente. Até então, entretanto, o rabi, jamais em sua vida, mirara as coisas à sua volta; ao contrário, para ele era suficiente tolerar a sua presença. Agora, o turbilhão o obrigava a examiná-las e ele viu as coisas do mundo, mas expulsas de seus lugares e perdidas na confusão. Parecia-lhe como se um abismo se houvera rompido debaixo dele, ávido por engolir o céu e a terra. O rabi sentiu o torvelinho intensificar-se em seu próprio coração e ele conheceu a escuridão de seu interior. No mesmo momento, porém, viu um homem de estatura gigantesca, com um casaco de pele de carneiro e botas altas cor de terra, dirigir-se em passadas largas até a carroça. Caminhava com leveza por entre a confusão e afastava os círculos em tropel, delicadamente para o lado, como um nadador, as ondas. Então, tomou as rédeas em suas mãos com um forte estirão obrigou os cavalos a volverem-se, e eles puseram-se imediatamente a galopar de volta pelo caminho por onde tinham vindo, mas com uma velocidade triplicada, de forma que em curto tempo estavam de novo em frente à estalagem campestre. A ansiedade e a aflição de Rabi Naftali desapareceram instantaneamente, junto com a confusão. Ele não entendeu o que lhe acontecera, mas não questionou. Apeou-se da carroça e, outra vez, entrou no jardim fronteiriço, em cujo meio se encontrava, agora, uma mesa posta para uma refeição. A esbelta mulher saudou-o novamente com o rosto amigável e, impassível, tornou a lançar o seu chamado na direção dos penhascos e, de novo, o homem de aparência camponesa curvou-se diante dele, não diferindo em nadade sua primeira aparição.

Por um longo momento o encanto do incompreensível pairou sobre a alma do rabi. Como, no entanto, hora após hora, as coisas ao seu redor continuavam em suas formas usuais, em repouso ou em atividade ordenada, e o hospedeiro, ademais, ocupado em dar forragem e dessedentar os cavalos, de maneira digna com certeza, mas, por outro lado, exatamente como qualquer pequeno estalajadeiro do país, o rabi começou a meditar sobre o que ocorrera. E como sempre antes desse dia, assim estavam também, agora, os seus pensamentos de novo sob o seu comando, de modo que logo se formou e se fixou em sua mente a convicção de que nada acontecera naquele lugar, salvo um engano dos seus olhos debilitados pelo ar cortante das montanhas. Decidiu, pois, pernoitar na hospedaria e descansar de toda a fadiga, mas prosseguir viagem ao amanhecer.

No dia seguinte, estando outra vez a seguir viagem, o rabi teve que rir-se das loucuras do dia anterior. Ali estava estendida ao seu redor, bela e firmemente entrelaçada, a coroa de criaturas, cada qual crescendo e segura em seu lugar. Imaginou que as contemplava agora, pela primeira vez, em seu verdadeiro modo de ser. Isto o agradou, e ele se maravilhou consigo próprio. Quão bem aventurada era tal liberdade e segurança da criatura no espaço! Porém, enquanto admirava e exultava, aconteceu-lhe erguer um olhar para o céu e ele se horrorizou. Pois, em vez da luz, inúmeros matizes de azul, ou da abóbada estriada de muitos tons de cinza, que lhe era familiar por seu costumeiro modo indiferente de ver, distendia-se sobre a terra uma concha brônzea, dura, pesada, destituída de todas juntas e aberturas. Conforme olhou para baixo, tremendo, notou que nenhuma das coisas permanecia em liberdade e segurança, mas todas cresciam aprisionadas e doentias em seus lugares, e aquelas que se moviam arrastavam-se numa ampla, porém úmida e abafada gaiola. E, pareceu a Rabi Naftali que, ele mesmo, se achava também imobilizado em um cárcere inescapável. Caiu em profunda tristeza da qual nem sequer o conforto de sua certeza em Deus foi suficiente para erguê-lo. Inesperadamente, porém, seu olhar despertou. Ao alçar a vista, deu com um homem andando no firmamento. Com botas altas cor de terra, movia-se ao longo da abóbada celeste e tocava levemente aqui e ali no brônzeo teto. Onde seu dedo tocava, este desaparecia. O dedo golpeou fissura após fissura no firmamento, e a luz azul jorrou dentro dele. Por fim, toda a rígida abóbada se dissolveu, e a luz fluida voltou a estender-se sobre o horizonte, exatamente como se apresenta aos olhos dos homens todos os dias. Todas as criaturas respiraram fundo com alívio, e até o verme adormecido mexeu-se como se lançasse fora os grilhões. Juntamente com todos os outros, Rabi Naftali também suspirou aliviado e respirou em liberdade. Olhou para o céu à procura do homem miraculoso, mas ele havia desaparecido.

    O rabi virou a carroça e instigou os cavalos até que se viu, outra vez, diante da estalagem. Na soleira, o homem a quem procurava, saiu ao seu encontro, acolhendo-o com a velha saudação, sem nenhuma pergunta em palavra ou em gesto; o cumprimento, porém, pareceu ao rabi mais amável do que no dia anterior. Ele venceu toda hesitação e falou: "Israel, o que há com você para que eu o encontre desta maneira em meu caminho?"

    Então, o outro levantou o olhar e sorriu. O sorriso era como o de um mar que repousa entre os rochedos, indulgente, sorrindo do fundo até a superfície, quando o sol poente o acaricia e diz: "Agora eu devolvo você a você mesmo" – mas o mar sorri e responde: "Eu"? Assim sorriu o homem e respondeu: "Eu"?

    O rabi não queria retroceder de seu propósito, queria continuar perguntando; mas sentiu que sua boca estava trancada, pois tinha sido atingido pelo sorriso do outro. Quedou-se, pois, calado e cheio de perguntas. Não podia mais ir-se dali, e o permanecer trazia-lhe, hora após hora, novos conflitos de alma. A noite veio e era como o dia, apenas mais vagarosa em seu curso, e de tal modo que nela cada enigma se aprofun-dava ainda mais. Somente pela manhã sua alma encontrou alívio no cochilo, e ela recebeu um sonho. O sonho, porém, que o rabi sonhou era o do começo da criação. A luz separou-se da treva, e o firmamento fez-se entre as águas. E parecia ao Rabi Naftali como se o caos do qual o mundo fora criado era sua alma, e como se sua alma fosse a profundidade sem face da qual céu e terra surgiram. E ele sentiu a mão modeladora do espírito.

    Quando acordou e saiu da casa, estava livre da incerteza. Tudo lhe pareceu simples e definido, e abraçou o mundo com seus olhos. Disse a si mesmo: "Agora eu sei. Há momentos em que o turbilhão se lança sobre o mundo e destrói suas conexões, e luz e sombra não mais estão separadas; então as criaturas perdem seu lugar e rodopiam aqui e acolá no espaço. E há momentos em que o céu mantém a terra cativa, e o firmamento, que deveria apenas separar, encanta e amarra as criaturas. Mas não é tudo isto um reflexo e um jogo do tempo? Pois agora eu vejo: sobre as coisas paira a ventura. Elas vivem juntas, imperturbadas pelo turbilhão e encanto, caminham direto para o alto através da fúria das forças e lá permanecem. Cada uma, de seu imo, executa sua parte neste mundo e tem alegria em seu trabalho. A criação é indomável em sua felicidade".

Enquanto o rabi assim falava consigo mesmo, a ventura fechou-lhe os olhos. Mas quando os abriu, a primeira coisa que viu foi um imenso véu descendo. Então o mundo se estendeu diante dele como um abismo. Fora do abismo emergia o disco solar em silencioso tormento. Em agonizantes dores de parto, a terra dava à luz árvores e plantas sem fim, e muitos animais corriam e voavam em movimentos disparatados. Cada criatura sofria porque devia fazer o que fazia, não podia se libertar, e arquejava em sua dor. Todas as coisas estavam envoltas pelo abismo, e ainda assim o abismo inteiro estava entre cada coisa e a outra. Nenhuma delas podia atravessar ao encontro da outra: na verdade nenhuma podia ver a outra, pois o abismo estava entre elas. Esta visão roubou do rabi com um único sopro tudo o que ganhara na hora anterior e em todas as horas. Seu coração tremeu, parte inclinado a erguer-se contra Deus, e parte a sofrer com Deus.

Mas, enquanto tal ocorria a Rabi Naftali, ele se deu conta de que havia surgido um homem no abismo, cujo rosto e estatura lhe eram familiares. O homem que estava ali e em toda a parte, tinha múltiplo ser e presença abarcadora. Pois seu braço enlaçava o tronco das árvores, os animais se apegavam aos seus joelhos e os pássaros aos seus ombros. Eis que, então, o conforto veio ao mundo. Pois, pelo ajudante, as coisas se uniram, viram, souberam e apegaram-se umas às outras. Viram-se umas às outras através dos seus olhos e tocaram-se umas às outras por sua mão. E porque as coisas vieram a juntar-se não houve mais abismo, porém um espaço luminoso do ver-se e tocar-se e de tudo o que estava aí dentro.

Estes foram os primeiros três dias. Seguiram-se-lhes outros três e, em cada um, o caminho para Rabi Naftali se alargava. Na pequena casa na encosta da montanha, porém, a vida permaneceu como era e o hospedeiro, o mesmo, em andar e gesto. Assim era para o rabi o seu mundo, qual um pêndulo, sempre alternando-se nele a maravilha do distante e a maravilha da proximidade. Ele não ousava lançar uma só palavra mais, nenhum olhar interrogante; vivia e esperava.

Assim a véspera do *Schabat* foi se aproximando. Com palavras simples e humildes o hospedeiro saudou a sagrada noiva e conduziu a refeição, fielmente, ao modo dos homens devotos e não eruditos. Naftali, de momento em momento, olhava para ele e ficava à espera de alguma salvação, não sabia qual. Mas nada aconteceu, e ele ainda continuava esperando quando o hospedeiro já havia abençoado a mesa, e esperava ainda quando este se ergueu para estender a mão ao conviva e desejar-lhe a paz para aquela noite e para todo o futuro em sua vida.

Durante a noite o rabi não conseguiu dormir. Parecia-lhe como se, aqui e agora, a maravilha do distante e a maravilha da proximidade confluíssem.

No meio da noite veio-lhe a ordem, sem som e sem forma. Levantou-se e foi. Aí, logo se achava já estava no outro quarto e viu.

Ele viu: o quarto estava tomado por chamas da altura de um homem. Embotadas e sombrias, as chamas alçavam-se como nutridas por algo pesado e escondido. Nenhuma fumaça erguia-se do fogo e toda a mobília permanecia intacta. No meio do fogo, porém, encontrava-se o mestre com a fronte soerguida e os olhos cerrados.

E, mais além, viu o rabi: uma divisão ocorrera no fogo e nela nascera uma luz, e a luz era como uma coberta sobre as chamas. Debaixo, a luz era azulada e pertencia ao fogo; em cima, porém, ela era branca, imóvel e alargava-se à volta da cabeça do mestre até as paredes. A luz azulada era o trono da branca, a branca repousava sobre ela como sobre um trono. A luz azulada modificava incessantemente suas cores, às vezes para o preto e outras vezes para uma onda vermelha. Mas o branco de cima nunca mudava, permanecia sempre branco. Então a luz azulada tornou-se inteiramente fogo e o consumir-se do fogo era o seu consumir-se. Mas a luz branca que sobre ele pairava não se consumia e não tinha comunhão com a chama.

O rabi viu: a cabeça do mestre permanecia inteira na luz branca. As chamas saltavam para o alto em torno do corpo do mestre. Mas, algumas dessas chamas a saltar para o alto convertiam-se em luz, de momento para momento fazia-se mais luz.

O rabi viu: o fogo todo foi transformado em luz. A luz azul começou a penetrar na branca, mas cada onda que penetrava tornava-se, ela mesma, branca e imutante.

O rabi viu: o mestre todo em branca luz, ali postado. Porém sobre sua cabeça pairava uma luz misteriosa que despida de todos os aspectos terrenos e somente em segredo aberta a quem a contemplava.

O rabi caiu por terra. Então compreendeu o homem e a finalidade dos seis dias.

Quando a manhã chegou, celebraram juntos o *Schabat* santificado.

OS MÁRTIRES E A VINGANÇA

Quando a força da *bilbul* apoderou-se da cidade de Pavlitz e a mentira veio velozmente em triunfo, em sua companhia, os judeus de todas as localidades da região fugiram ante a ameaçadora destruição. Mas alguns devotos idosos não queriam deixar-se induzir a abandonar o lugar. "Este povo é como as águas longamente contidas de uma represa", disseram eles às suas almas. "Ele quer nos golpear a fim de pôr à prova a sua força. Porém, há quanto tempo não somos nós próprios como as águas contidas de uma represa e não podemos servir a Deus como é de nosso gosto! Desde o nascimento nossas vidas têm sido um perturbado e profanado serviço a Deus. Pois aqui não temos um lugar para exultar a Deus e respiramos um ar que não é o do Senhor. Outrora a *matzá* era o produto de nossos campos, a força de nossas mãos morava em nossos campos e servia a Deus. Mas agora a *matzá* nos vem de terras de estranhos que são nossos inimigos. Outrora o *etrog* era a delícia de nossos jardins e o alegre pulsar do nosso coração morava em nosso jardim e servia a Deus. Mas agora o *etrog* chega até nós como um convidado de uma terra distante que não podemos contemplar. Nessa terra distante permaneceram as raízes de nossas preces. Agora pronunciamos as palavras, mas podem palavras sem raízes elevar-se até Deus? Não nos foi dado servir ao Senhor com nossas vidas. Por isso desejamos servi-Lo com nossa morte e perseverar para a santificação de Seu nome".

Assim falaram eles às suas almas, deixando-se levar ao cativeiro e esperando com alegria serem mortos.

Um, entretanto, não permaneceu com eles. Era o rabi de Karitzov. Em seus verdes anos começara a escrever um livro em que era dito como uma pessoa poderia servir a Deus com sua vida. Vivera em rigor e severidade e depositara toda sua força, todos seus anseios e todos os seus pensamentos nesse livro. Se, porventura, sonhava ou desejava algo, pegava seu sonho e seu desejo nas mãos, como uma pedra, e o assentava sobre os anteriores, a fim de que seu edifício se erguesse até Deus. Assim, lentamente, cada parte de seu livro foi se juntando às outras. Mas tudo aí era de tal modo disposto que uma ascensão dos degraus mais baixos do serviço aos cada vez mais altos prevalecia. Toda vez que o rabi se sentava para tratar de um novo degrau, preparava-se com grande fervor de alma e seu espírito entrava em concentração até encaminhar-se ao seu aposento para escrever. Lá, sentava-se e fazia o seu trabalho, e ninguém devia atrever-se a chamá-lo e lembrá-lo de comer ou beber ou dormir até que terminasse de tratar daquele degrau. Também não falava a ninguém de seu livro.

Agora, que o *bilbul* se arrastava até ali, o rabi confabulou com a sua própria alma. Seguiram-se muitas horas de diálogo intenso no aposento silencioso. O livro que havia sido desenvolvido até o mais alto degrau – do qual, no entanto, ainda não começara a tratar – encontrava-se sobre a mesa, mas ele não o estava olhando. Por fim, porém, seu olhar repousou no livro. Ele se levantou, o apanhou e preparou-se a fim de fugir para a Valáquia.

Quando em seu caminho chegou a Mesbitz, o Baal Schem pediu-lhe que se detivesse ali até que pudesse dispensá-lo. O Baal Schem lhe disse: "Os santos serão salvos", e repetiu isto de tempos em tempos. Porém, na véspera do *Schabat* chegou uma carta para o rabi. Constava ali o relato de como aqueles homens piedosos haviam sido torturados com todas as espécies de suplícios mortais, e como eles morreram em tormentos, mas em grande júbilo pela santificação do Nome. Quando o Baal Schem leu a carta foi recitar a prece vespertina e tremia, e quem o olhasse tinha também de tremer. E uns diziam aos outros: "Quando, então, chegar a hora de receber o *Schabat* a alegria há de lhe retornar. Pois, não importa o que lhe haja ocorrido jamais ele recebeu o *Schabat* sem alegria". Porém, a hora chegou e o Baal Schem recebeu o *Schabat* com grande tremor e segurou o cálice com a mão trêmula. Depois se recolheu ao pequeno quarto onde costumava dormir e estendeu-se no chão, com o rosto para o assoalho e os braços estirados diante de si; e assim permaneceu por longo tempo. Finalmente, enquanto os servidores e os convidados esperavam por ele, sua mulher entrou no aposento e falou: "As luzes já estão se apagando".

"Deixe que as luzes se apaguem e mande as visitas para casa", replicou. Assim fez ela, porém ele continuou deitado no chão.

O rabi, entretanto, não agüentou mais a espera. Dirigiu-se ao quarto do Baal Schem e ficou atento. O quarto estava muito silencioso. Foi até a porta e olhou através de uma fissura, no escuro. Assim permaneceu até meia-noite. Então, um grande clarão de luz iluminou o aposento. O Baal Schem saudou cada um dos mártires pelo nome e exclamou: "Abençoado seja aquele que aqui vem!" Depois lhes falou: "Eu lhes determino que tomem vingança dos inimigos. Do senador que mandou torturá-los. Dos servos cuja mão estava pronta para o tormento. Do povo cuja boca exultou com o seu sofrimento".

Então soou através do aposento um coro sombrio e era como uma só voz: "Nós lhe imploramos, não permita que esta palavra passe por seus lábios mais uma vez".

Ele repetiu, porém: "Eu lhes determino".

E novamente os santos disseram: "Nós suportamos nossa morte de bom grado".

Mas o Baal Schem permaneceu no meio da luz e bradou: "Pelo bater e apunhalar, pelo matar lentamente, pela vergonha infligida por suas mãos, pelos golpes de seus pés, por humilhar e degradar, pelo zombar e caçoar, pela servidão de séculos, pela necessidade de tornar-se mau, tirem vingança".

Aí, houve um estremecer na voz do coro, quando se fez ouvir: "Nós lhe imploramos, não permita que esta ordem saia de seus lábios uma terceira vez. Saiba que neste anoitecer você perturbou o *Schabat* dos mundos. Uma grande ansiedade pairou por toda a parte e não sabíamos qual era a sua fonte. Ascendemos às esferas mais altas, lá também reinava grande ansiedade e não sabíamos como explicá-la. Quando chegamos a uma esfera muito alta nos foi dito: 'Desçam rapidamente, sequem as lágrimas do Rabi Baal Schem'. Por isso, queremos contar-lhe o que aconteceu conosco.

"Enquanto estávamos sendo torturados, o impulso do mal desceu sobre nós e quis dobrar os nossos espíritos e nós o enxotamos com ambas as mãos. Mas ele logrou roçar em um pensamento nosso com a ponta de um dedo e fez um sinal nesse pensamento. Por causa dessas coisas nos foi ordenado que deveríamos entrar, por um instante, no abismo da Geena e nele sofrer, pelo espaço de um instante, a indigência do mundo. Todas as dores que sofremos extinguiram-se e converteram-se em simples bagatela diante desse sofrimento. Quando, depois disso, entramos no Jardim do Éden, dissemos: 'Queremos nos vingar pela servidão de séculos, pela necessidade de nos tornarmos maus, que deu poder ao impulso do mal para tocar nossos pensamentos. Pelo 'profanado serviço de Deus, em nossas vidas, queremos tirar vingança'. Então nos foi respondido: 'Se vocês querem se vingar, precisam entrar mais uma vez em corpos, retornar à terra, e viver uma vida humana até o fim'. Nós, porém, refletimos e dissemos: 'Nós louvamos o Senhor, abençoado seja Ele, e Lhe agradecemos por termos resistido pela santificação de Seu nome e termos sofrido por um instante a indigência do mundo no abismo da Geena. Mas, se retornarmos ao mundo onde não há lugar para exultar o Senhor e onde respiramos um ar que não é o do Senhor, pode acontecer que nos tornemos piores e o poder do mal será intensificado. Nós não queremos retornar'. Assim falamos nós. Por isso lhe imploramos que sua ordem não seja pronunciada por seus lábios uma terceira vez."

O Baal Schem, então, silenciou. O clarão de luz se dissipou do quarto, a escuridão o preencheu de novo, e o Baal Schem estava estendido no chão, sem palavras.

O rabi de Karitzov não completou o seu livro. Na verdade, ninguém mais soube o que aconteceu com esse livro.

A VIAGEM CELESTIAL

De dia ele serve às criaturas. Nos ventos, chegam mensageiros em viagem, suplicantes erguem-se do solo. Confluindo da boca de todas as coisas vivas, a voz dos sofrimentos abre caminho até ele.

Ele recebe o chamado e reparte a resposta. Incessantemente oferece sua dádiva, o poderoso conforto. Ao toque de seus dedos curam-se as feridas.

De dia serve às criaturas. Porém, ao entardecer sua alma se eleva. Ela não quer repousar junto aos indolentes companheiros. Livra-se do lugar e da duração como de um par de algemas. Empurrando a terra com o pé, tenta voar, e o céu acolhe a alma liberta.

No céu não há lugar nem duração, somente caminho e eternidade. Cada noite conduz a alma para mais longe no caminho, mais fundo na eternidade.

Mas chega uma noite em que eis, à sua frente, uma parede qual um universo e ela lhe cobre a via e a vista. Ilimitado como era o vôo é o obstáculo. O caminho desaparece. Um dedo apagou a luz de todas as estrelas e a promessa de todos os céus. Lá onde antes era o desaparecido caminho, uma parede escura estende-se dentro da noite.

A parede tinha um semblante, enorme e sombrio. A alma o reconhece: era o semblante da vida que deixara atrás, ao anoitecer, e para a qual retornaria ao amanhecer como a um leito, à sua espera.

Além da parede, porém, despertou um som, uma grande voz na escuridão.

A voz falou:

"Alma, anelante alma, que deseja preservar-se e perder-se, que cobiça ambas, existência e infinitude, sentido e mistério, ao mesmo tempo! Aqui é a fronteira. Aqui é o altar do mundo. Aqui nenhuma alma passa adiante, ela se sacrifica, portanto. Pois o nome deste lugar é: a escolha de Deus.

Até aqui vale isto e aquilo, existência e infinitude. Aqui começa o uno. Alma, você que conseguiu chegar até aqui, escolhe!

Separe-se desta terra e eu me abrirei para você. Ou retorna o seu vôo. Quem me tocou não retorna."

A voz emudeceu.

Por um instante a alma pára enquanto ouve o morrer das palavras ressoadas, depois profere a resposta:

"Eu me separo da –"

Neste instante, uma mulher, na terra, está curvada sobre uma cama onde se estende o corpo de um homem. Ela olha fixamente, apalpa a têmpora empalidecida do homem ali deitado. Então ela grita: "Israel"!

Em íngreme vôo o grito se eleva ao céu. Antes de encerrado o momento, está no fim do caminho que a alma, em muitas noites, conseguira alcançar e põe sua leve mão em seu ombro.

A alma interrompe suas palavras e olha atrás de si. Não fala mais nada. Coloca o braço ao redor do pescoço do mensageiro e retorna o seu vôo.

Essa foi a última viagem do mestre no céu.

JERUSALÉM

Aconteceu, por vezes, que vozes profundas vindas das profundezas invocavam o Baal Schem, e seus ouvidos acordavam e ficavam atentos embora o sono ainda cingisse seus sentidos. Distinguia então com grande clareza como, das distâncias, revelava-se o pranto da boca de coisas muito antigas que se encaminhavam em sua direção, e um único murmúrio de incomensurável aflição visitava seu leito. As vozes alcançavam seu coração e o acordavam. Mas elas vinham todas de muito longe, e seu coração não compreendia o significado daquelas palavras. Só podia pressentir a grande desgraça em que elas tocavam e, desde esse tempo, todos os dias e todas as noites, em igual medida, seus golpes o estremeciam. Uma noite, no entanto, as vozes soaram muito perto do ouvido do mestre. Ele as reconheceu e soube de onde elas vinham até encontrá-lo. Era a antiga terra que, da vergonha de sua ruína, lhe falava. Era a vinha, agora transformada em estepe estéril, as paredes sepultas debaixo da terra, o bronze soterrado que reverberava sob o fardo do entulho, o declive petrificado que outrora nutria uma esplendorosa floresta e a fonte ressequida. De sua extrema aflição saía-lhes o grito, porque sentiam que, de um momento para o outro, de suspiro em suspiro, o sono escorregaria imperceptivelmente para a morte se não viesse a mão que liberta.

"Venha e não tarde", falaram as vozes ao Baal Schem. "Você é o esperado. O riacho fluirá, a floresta renascerá, a vinha dará frutos, a rocha há de atapetar-se. Venha e coloque sua mão sobre nós!"

Desta noite em diante o Baal Schem teve certeza, no íntimo de sua alma, que deveria partir e dirigir-se para a terra. Ergueu-se e clamou a Deus, "Dê-me licença, Senhor, e prazo. Liberte-me daquilo com que me mantém aqui atado a fim de que eu possa ir à sua terra que me chama".

Mas Deus lhe falou de dentro da noite e respondeu: "Israel, é minha decisão a seu respeito que você permaneça em seu lugar e não se dirija à minha terra".

Muitas noites o Baal Schem ficou ali deitado em tormento. As vozes continuavam em seu ouvido e a palavra do Senhor em seu coração. Porém, o lamento das vozes cavalgavam como uma tempestade nos ares, e era um movimento como o de uma grande agonia, como no dia da queda de Jerusalém. Então o chamado da terra moribunda triunfou sobre a palavra do céu e o mestre aprontou-se para viajar à Jerusalém.

Era a primeira noite em que se deitavam para descansar sob um teto estranho, o Baal Schem e o Rabi Zvi, o escriba, seu discípulo. Naquela noite, as vozes voltaram ao lugar de onde haviam saído. Quando chegaram à sua casa, um grande murmúrio as recebeu, a velha terra tremeu à saudação e cada coisa se ergueu e atentou.

"Ergam-se, vocês adormecidos", as vozes chamavam. "Preparem-se, porque seu salvador está a caminho!"

Com um profundo suspiro o corpo da terra sacudiu seu antiqüíssimo sono. Cada coisa proferiu o grito da vida e uma imensa alegria ressoou na noite. O tesouro submerso floresceu, a espada e o cálice da oferenda, as águas exauridas afloraram rumorejantes, a seiva do trigo e da vinha circularam novamente.

O Baal Schem avançava infatigável, com largas passadas, mas o fulgor e a alegria não mais o habitavam. Absorto, em silêncio meditava; e quando Rabi Zvi lhe falou da maravilhosa finalidade de sua viagem, o mestre mal lhe respondeu com um olhar perdido. Pois uma coisa pesava-lhe muito no coração e tornava-se mais pesada com o correr do caminho. Era a voz de Deus que fora obrigada a emudecer diante daquele anseio e agora se calava, porém continuava sempre presente e não se retirara de seu coração. À noite, muitas vezes, totalmente interior, vinha um som plangente sem palavras, ao qual, despertando, tinha que ouvir e ouvir dentro de si. No entanto, cada manhã carregava adiante em sua viagem o crescente fardo.

Assim foi que deixou a cidade e o país atrás de si, o familiar e o estranho. A lua já mudara muitas vezes sobre ele quando, depois de passar um dia extraviando-se pelos caminhos, chegou, ao anoitecer, à costa do mar que o separava de sua meta. Aqui, porém, não havia nem casa nem habitação até onde a vista alcançava, nenhum barco à vela na água, somente praias, tremeluzentes e ilimitadas, o quebrar da água na areia e uma noite tépida iluminada pela suave luz dos céus. Então os dois atiraram-se sobre a terra, que ainda exalava o calor do dia declinante, a fim de descansar e esperar a manhã que lhes mostraria onde encontrar um barqueiro.

No meio da noite, o mestre deu por si mesmo e seu companheiro de viagem em alto mar, num frágil barco sem leme, com uma só vela de flamejante vermelho e amarelo. O barquinho, porém, era arremessado para lá e para cá pela tempestade e ao seu redor não havia nem céu nem terra à vista, apenas água em toda a distância, a rugir desenfreada. O Baal Schem olhou à sua volta, mas nada havia a não ser a mortal solidão das águas. Olhou para dentro de si, mas ali tudo o tinha abandonado, sabedoria e domínio de si. Sentiu-se vazio em sua alma. Um enorme pranto o sobrepujou. Então atirou-se ao chão perto de seu companheiro. Porém, estando ali deitado, algo lastimoso, uma voz alçou-se muito suave e começou a falar. A princípio baixinha e misteriosa, depois, gradualmente, a voz de Deus avolumou-se e engolfou em seu ressoar o bramido do mar como se fosse um insignificante rumor.

No lusco-fusco da manhã o Baal Schem e o Rabi Zvi levantaram-se da areia, cabelo, rosto e roupa ensopados como aqueles a quem o mar arrastou para a praia. Nada falaram, cada um evitou o olhar do outro e voltaram; e sem palavras palmilharam juntos o caminho de volta por onde haviam chegado ao entardecer.

Depois de vagarem horas a fio – o sol havia secado suas roupas úmidas –, o rabi olhou por acaso para o mestre e notou em seu semblante o antigo brilho sagrado.

Na noite em que o Baal Schem pelejou com o desamparo sobre as águas e com o desamparo em sua alma, a terra que o chamara ficou na expectativa. As vozes daqueles que foram enterrados vivos falaram, de dentro da terra, e perguntaram às vozes no ar: "O que estão ouvindo?"

Então suas irmãs no ar disseram: "Uma tempestade ruge e sobre as águas revoltas luta aquele que deverá nos libertar".

Passou-se algum tempo e, então, as vozes da terra perguntaram de novo: "Ele está próximo da terra?" E a resposta veio: "A Palavra está sobre ele".

Uma vez mais escoou-se o tempo e uma vez mais ergueu-se a pergunta: "O que estão ouvindo?" E como o rumorejar de asas exangues ecoou em resposta: "Nós ouvimos da distância o passo daquele que parte". Aí a velha terra velou a face e cerrou os olhos. Cada coisa retornou ao lugar de seu repouso. O silêncio cobriu toda a terra.

Acima do silêncio um chamado ganhou vida, irrompeu e se dispersou. "Vocês não morrerão, meus amigos", falou o chamado à terra. "Terra do Senhor, você acordará e viverá. Não se zangue com aquele a quem você chamou. Ele nasceu como alguém que deverá retornar. A mão do Senhor está sobre suas raízes para trazê-lo de volta ao seu tempo, para trazê-lo de volta a seu tempo, ó meus amigos".

SAUL E DAVID

Mal o Baal Schem regressara de sua incompleta viagem, as pessoas começaram a aglomerar-se à sua volta a fim de receber ajuda e alívio das bênçãos de suas mãos e o conselho de sua boca. Sentavam-se à sua mesa e, para cada um dos presentes, a palavra do mestre, dirigida a todos, parecia um segredo que era destinado unicamente a seu ouvido e a nenhum outro.

Mas acontecia que, de vez em quando, o Baal Schem interrompia sua fala e, por um tempo, ficava emudecido e distante, com os olhos que não olhavam, voltados para o desconhecido, assim permanecia entre os amigos. Então os fiéis costumavam também esperar, em silêncio, até que os sentidos do mestre retornassem a ele. Quando isso ocorria, após alguns momentos, o santo homem parecia exausto como se uma força desconhecida tivesse quase forçado a fonte de sua alma a secar. Ainda encontrava, é certo, uma palavra amável para cada um de seus convidados; logo, porém, costumava levantar-se dirigir-se ao seu quarto, onde se encerrava por muitas horas.

Os discípulos com freqüência conversavam entre si sobre essas ocorrências, mas, apesar de muito investigarem, nunca encontravam o significado desse estranho fato. Então, ocorreu certa vez que Rabi Wolf, o jovial, que nunca se deixava abater por qualquer ansiedade e que sempre confiava no amor do mestre, abordou-o sobre o assunto e recebeu uma explicação. A partir daí ficamos sabendo porque isto acontecia. O que se passou depois, entretanto, foi contado pelo próprio homem através do qual se deu o desfecho.

No tempo do Baal Schem vivia na cidade de Kossov um rabi que o combatia por via de um sombrio e poderoso espírito. Esta luta, entretanto, era muito antiga e tinha suas origens nos grandiosos dias dos reis. Relataram que, como uma herança e promessa dos tempos, Israel, filho de Eliezer, a quem chamamos de Baal Schem, gerara em seu sangue a alma que outrora abandonara David, o Rei, quando sua juventude se desfez e a luxúria o assaltou. O Rabi de Kossov, porém, havia incorporado a alma de Saul, o príncipe dos sonhos. Por isso, acontecia, de tempos em tempos, ser ele invadido por uma raiva oculta que se aninhava dentro de si o dia inteiro. Então, de tempos em tempos, ele mandava sua alma enfurecida aproximar-se da alma do Baal Schem e insinuar que poderia medir-se com ela. Assim, o Baal Schem era algumas vezes abandonado por sua alma que saía para a luta. De quando em quando, ela se desprendia do embate e irrompia como uma límpida labareda reto contra o céu, enquanto a outra bruxuleava debilmente.

Por certo que o Rabi de Kossov jamais falou contra o mestre; no entanto, não conseguia afastar as sombras que lhe cobriam o semblante quando todas as línguas das testemunhas viventes se erguiam em favor do Baal Schem. Aos discípulos, que eram adeptos do rabi, este fato não ficou oculto. Eles sofriam ao ver suas feições tão alteradas e freqüentemente tentavam, com palavras de atiçamento, incitá-lo a um conflito aberto. "Diga-nos", senhor, " falavam eles, como é possível que toda a gente procure este homem e lhe proclame louvores em tom transfigurado e como se tocado por uma graça? Será talvez pelo fato de, até agora, ninguém ter jamais descoberto quem é melhor e bastante flexível de espírito para vencer suas artes? Vá ter com ele de modo que ele possa medir-se com o senhor, então nós e, cada um, poderemos contemplar a verdade".

Por muito tempo o rabi resistiu a estas palavras, pois era orgulhoso e honesto consigo mesmo e conhecia bem seu inimigo. Como, porém, seus discípulos não cessavam de pressioná-lo, lograram, por fim, influenciar sua alma. Um dia, ele e seus seguidores prepararam-se para uma viagem e rumaram para Mesbitz, ao encontro do Baal Schem. Quando entraram em sua casa, ele foi recebê-los e saudar o rabi. Este inclinou-se e devolveu a saudação e era como se dois heróis dos velhos tempos dessem as boas vindas um ao outro. Pareciam apartados de seus companheiros e não estavam mais preocupados com nada, a não ser um com o outro. Os discípulos permaneceram no pátio; porém os dois entraram num aposento e, assim que a porta se fechou atrás deles, o bando que aguardava sentiu como se estivesse separado deles por alguma coisa outra do que uma porta de madeira.

Os dois se olharam olho no olho e, entre eles, surgiu de novo, como nos velhos tempos, o duplo flamejar dos corações; logo, porém, somente a ira passou a viver no rabi. Arquitetou palavras enlaçantes e as proferiu com veemência contra o Baal Schem, para que este se enredasse nelas e sucumbisse. No entanto, elas caíram por terra sem força nem garra. Depois disso, por um momento, a conversa entre os dois vagou para lá e para cá, o Baal Schem, todavia, repousava como uma criança em sua convicção. Então o rabi perguntou-lhe: "É verdade o que dizem, Israel, que você conhece cada pensamento dos filhos dos homens?"

O mestre respondeu: "É verdade".

Logo depois o outro indagou de novo: "Então você está sabendo o que preenche meus pensamentos neste momento?"

"Você sabe", redargüiu o Baal Schem, "que os pensamentos dos homens não costumam ficar parados, porém, volteiam em círculos. Prenda agora seus pensamentos a uma coisa, e eu a nomearei para você". O rabi fez isto e o Baal Schem disse: "É ao nome secreto de Deus que o seu pensamento quer se ligar".

Quando o outro reconheceu que o santo homem relanceara o interior do seu espírito, uma exasperação febril o acometeu, e ele bradou: "Isto você pode saber sem visão milagrosa. Devo, pois, trazer diante de mim todo o tempo, o nome de Deus e quando você ordena que todo meu pensar enlace uma coisa, o que sobra para mim a não ser este último, o único? Eu tenho pouco apreço à sua arte".

O Baal Schem, porém, perseverou em sua brandura. "Não possui Deus muitos nomes?" disse. "Mas eu lhe falei daquele que é indizível". No entanto, quando percebeu como os olhares do rabi estremeciam e resistiam, deu um passo à frente dele. De seus olhos então irrompeu, liberta, a torrente do amor e ele disse: "Isto é o que você pensou, Nakhman: Devo permanecer para sempre preso ao poder do Nome? Não me obriga sempre essa tirânica Palavra? Os tempos submergem e ascendem de novo e a mim o espírito ainda me prende em grilhões. Para onde foi que você voou, último dos dias puros, quando eu passeava pela terra de Benjamin com ombros felizes e a cabeça erguida acima de todo o povo?

Dia do sol, dia da liberdade, nunca mais você voltou. Mas seu irmão permanece, aquele que lhe sucedeu; ele permanece comigo, com seu cálice de óleo e o nome do Senhor. Ele cinge meu pescoço quando me deito, ele prende meus tornozelos quando salto de minha cama. Ele me deu cólera para beber e loucura para me alimentar. Ele guia minha espada contra meu corpo: diariamente eu me lanço sobre ela e morro. Foi isto que você pensou, Nakhman: Devo permanecer para sempre prisioneiro do poder do Nome? E se eu me soltar e me tornar de novo o que eu era então, antes de vir à cidade onde o homem do Senhor estava! Mas eu digo a você, Nakhman, meu amigo, você que é amigo de Deus, você deseja soltar seu coração do seu peito? Veja, você reconhece a você mesmo – você continua preso? Veja, você se reconheceu – você não sente agora que o seu desejo está embalado na vontade de Deus? Toma o fardo dos tempos em suas mãos – ele já não desapareceu? Saúda o dia que o acorrenta – você já não está liberto?"

"Você falou a verdade, Israel!" disse o rabi. Então ele se curvou, e proferiu a palavra da paz e partiu de imediato com a alma serenada.

O LIVRO DE PRECES

Nos dois maiores dias santos que são chamados de dias terríveis, isto é, as festividades do Ano Novo e o Dia da Expiação, o Rabi de Dinov, quando se postava diante da arca sagrada para rezar, costumava abrir o grande livro de preces do Mestre Lúria e o colocava à sua frente no estrado. Assim este permanecia aberto diante dele durante toda a reza, mas o rabi não o olhava ou o tocava. Porém, deixava-o ali ficar em frente à arca e diante dos olhos da congregação, grande e aberto de modo que o forte, indelével negro das letras contra o largo, amarelado fundo, era visível de todos os lados; e permanecia muito ereto perante este em sua consagração, como o sumo sacerdote ao fazer o sacrifício diante do altar. Todos os olhos deviam, sempre de novo, mirar em sua direção, mas nenhum dos *hassidim* ousava falar sobre isso. Uma vez, entretanto, alguns deles criaram coragem e perguntaram ao rabi:

"Se o nosso mestre e professor reza seguindo o livro do Mestre Lúria, por que não o lê, página a página, conforme a ordem de suas preces; e se ele não reza seguindo-o, por que o mantém aberto diante de si?"

"Eu lhes contarei", replicou o rabi, "o que aconteceu nos dias do santo Baal Schem, abençoada seja a sua memória.

"Viviam num vilarejo um rendeiro com sua mulher e um filho pequeno. O senhor da herdade tinha grande afeição pelo homem tranqüilo e lhe concedera alguns privilégios. Contudo, sobrevieram-lhe maus anos. Uma colheita ruim foi acompanhada, no verão seguinte, por outra pior ainda e, assim, cresceu sua penúria até que ela em cinzentos vagalhões se fechou sobre sua cabeça. Ele se mantivera firme diante de cada dificuldade e de cada privação; não podia mais olhar de frente a miséria que se lhe deparava. Sentia sua vida enfraquecer-se cada vez mais e mais; e quando, por fim, seu coração estacou, era como o esmorecer das batidas de um pêndulo que ninguém notara e cuja parada, agora, parecia aos outros algo repentino. E como sua mulher o acompanhara igualmente nos bons e maus momentos, também, agora, queria partir da vida ao seu lado. Quando sua sepultura ficou pronta, ela não teve mais forças de continuar. Olhou para seu filhinho e, mesmo assim, não conseguiu juntar as forças, então se deitou e tentou convencer-se de que ainda não iria morrer.

"O pequeno Naum estava com três anos quando seus pais morreram. Eles tinham vindo de muito longe e ninguém conhecia qualquer parente deles. Então, o senhor da herdade tomou o menino aos seus cuidados, pois lhe agradara aquele garoto de face alongada, clara e viçosa, tremeluzindo através dos cachos vermelho-dourados. Logo os modos da criança ganharam cada vez mais a sua afeição e ele o criou como se fosse seu próprio filho.

"Assim cresceu o garoto e foi instruído em todas as áreas do conhecimento. Mas não tinha a menor noção da fé de seus pais. O senhor da herdade, por certo, calou o fato de que o pai e a mãe do rapaz eram judeus; mesmo quando lhe falava deles, acrescentava: 'Mas eu peguei você e, agora, você é meu filho e tudo o que é meu é seu'. Isso, Naum entendia muito bem; porém, o que lhe era dito acerca de seus pais parecia-lhe pertencer àqueles contos que as jovens criadas lhe narravam sobre espíritos da floresta e duendes das águas; parecia-lhe, contudo, maravilhoso e incompreensível que ele próprio tivesse algo a ver com tal história.

"Um dia, de maneira imprevista, viu-se diante de um aposento isolado da casa, onde toda espécie de coisas fora de uso estavam empilhadas umas sobre as outras. Eram os pertences que seus pais haviam deixado quando se foram. Ali estavam coisas estranhas, as quais não conhecia. Havia um singular xale branco com longas listras negras. Havia um lenço de cabeça bordado de uma forma esplêndida. Havia um grande castiçal de muitos braços. Havia um rico porta-especiarias, com muitas divisões, que confluíam para uma coroa, à cuja volta uma fina névoa de ar ainda flutuava. E havia ali, fechado, um grande e volumoso livro encadernado com veludo marrom-escuro bastante usado, orlado de prata batida e fechos de prata. Eram coisas de que seus pais não haviam conseguido se desfazer, nem mesmo na proximidade da miséria.

"E agora, ali postado, o menino olhava o livro. Tomou-o, então, e carregou-o cuidadosamente para seu quarto, abraçando-o firmemente em seus braços. Aí soltou os fechos e o abriu, as grandes e negras letras de dentro rodopiaram ao seu redor como um bando de pequeninos camaradas. Ao ficar absorto em contemplá-lo, miraram-no dois olhos à sua frente, sem lágrimas, mas cheios de sofrimento. E Naum soube que aquele era o livro pelo qual sua mãe rezava. Desde então, ele o manteve escondido durante o dia, mas, a cada entardecer, tirava-o do esconderijo e à luz de uma lamparina e, de preferência, à luz viva da lua, contemplava as estranhas letras, até que os olhos de sua mãe emergiam.

"Assim os dias do julgamento foram se aproximando, os temidos e misericordiosos dias. De todos os vilarejos os judeus rumavam para a cidade a fim de postar-se diante de Deus na comunidade do povo e permitir que os pecados de cada um com os pecados de milhares desaparecessem na chama de Deus. Naum ficou parado na porta de sua casa e viu as carroças passarem apressadas, viu homens e mulheres, nelas, vestidos em trajes festivos. Sentiu como se todas essas pessoas fossem seus mensageiros e que elas somente se apartavam dele porque não as chamava. Assim, chamou uma delas e lhe perguntou: 'Para onde o senhores vão e que tempo é esse para os senhores?'

"O homem a quem se dirigira replicou: 'Estamos viajando em grande grupo a fim de pedir perdão a Deus por nossos erros'.

"Desta hora em diante o mundo do menino iluminou-se.

"Assim se passaram os dez dias de penitência e chegou a véspera da celebração da Expiação. O menino tornou a ver no caminho para a cidade os judeus vindos dos povoados, sentados em suas carroças, calados e imóveis. E, outra vez, Naum perguntou para um deles: 'O que os leva à cidade?'

"'Este é o dia que aguardávamos', o homem retrucou, 'o Dia da Expiação no qual o Senhor recebe seus filhos no regaço de sua graça'.

"O rapaz, então, entrou às pressas em seu quarto, pegou o livro com os fechos de prata em seus braços e saiu correndo de casa, precipitando-se pelo caminho até chegar à cidade. Na cidade, dirigiu seus passos para a casa de orações e lá entrou. Era a hora em que o *Kol Nidrei* estava sendo recitado, a prece da absolvição e de libertação santificada. Ele viu os grupos, de pé, envoltos em longas mortalhas brancas, curvando-se e de novo levantando-se perante Deus. Ouviu-os clamar ao Altíssimo a partir de todas as profundezas encobertas da alma em direção da luz. O menino postou-se entre eles, curvou-se e de novo levantou-se diante de Deus. E por ter compreendido que não poderia rezar na língua dos outros, pegou o livro de sua mãe, colocou-o na carteira e bradou: 'Senhor do Mundo! Eu não sei o que rezar, eu não sei como falar – mas aqui, Senhor do Mundo, você tem o livro de preces completo'. Depois deitou a cabeça sobre o livro aberto e, chorando, conversou com Deus.

"Foi neste dia, entretanto, que as preces da comunidade, como pássaros com asas enlameadas, ficaram esvoaçando no chão e não conseguiam alçar-se. Turvo e desanimado estava o espírito das criaturas em sua súplica. Então surgiu a palavra do menino que colheu em suas asas as preces de todos e as carregou para o regaço de Deus.

"Para o Baal Schem, porém, esse acontecimento era evidente e ele proferiu a prece com grande alegria. Quando o dia santificado terminou, ele levou o menino para sua casa e ensinou-lhe a pura e abençoada verdade."

Isto o Rabi de Dinov contou aos fiéis: " Eu também não sei o que devo fazer", ele falou, "e como posso realizar a intenção dos que antes suplicaram e de cujas bocas as preces me alcançam. Por isso, eu abro perante Deus o livro de Mestre Lúria, o venerável, e ofereço-o a Ele com toda a vontade aí contida e todo o significado".

O JULGAMENTO

Aconteceu certa vez – era o quarto dia da semana e por volta da primeira hora do entardecer, no momento em que o sol desaparece de nossa vista – que o Baal Schem deixou sua casa para fazer uma viagem. Ele não havia comunicado a ninguém do seu propósito, de modo que a finalidade e o sentido dessa viagem permaneceu um mistério para todos os seus, mesmo para aqueles que o acompanhavam. Desta vez, também, ele viajou uma grande extensão de caminho em um curto espaço de tempo; pois, como é de conhecimento de todos, tempo e lugar não constituíam grilhões para a vontade do mestre como o são para qualquer um de nós.

Perto da meia-noite, o Baal Schem parou em um estranho vilarejo diante da casa de um coletor de impostos e estalajadeiro, a fim de lá descansar por algumas horas da noite que lhe restava. Evidenciou-se que o hospedeiro não conhecia nem o Baal Schem nem nenhum de seus acompanhantes, mas, como não é raro acontecer entre pessoas dessa profissão, ele ficara, no entanto, curioso em saber a que região seu visitante pertencia e qual era o destino que teria esta viagem. Enquanto oferecia ao mestre e aos outros uma refeição tardia e preparava as camas, trocou perguntas e respostas com eles. Retrucando às perguntas do estalajadeiro, o Baal Schem deu a entender que era um pregador e que, tendo sido informado que no *Schabat* vindouro o casamento de um homem rico e eminente iria ter lugar em Berlim, ele desejava estar lá naquele momento a fim de oficiar a cerimônia.

Quando o hospedeiro ouviu isto, permaneceu quieto e perplexo por um tempo e, depois, falou: "Senhor, pode caçoar de minha curiosidade! Mas, como pretende transpor essa distância no tempo que lhe resta! De fato, se o senhor não poupar cavalo e homem, conseguirá, talvez, chegar lá para o outro *Schabat,* mas nunca para este".

O Baal Schem sorriu levemente e replicou: "Não se preocupe com isso, amigo; confio em meus cavalos. Eles já me fizeram bons trabalhos".

Logo depois disso deitou-se para descansar junto aos seus companheiros. Mas o hospedeiro permaneceu acordado em sua cama a noite toda, pois o estranho e suas coisas lhe pareceram bastante extraordinários. Além disso, havia algo no olhar daquele homem que não permitia ao estalajadeiro crer que ele fosse um brincalhão ou mesmo um louco. Sentiu-se dominado pelo desejo de ver o fim dessa coisa. Então pensou num pretexto convincente para oferecer ao estranho pregador a sua companhia. Ocorreram-lhe alguns negócios que poderia realizar com certas vantagens em Berlim. Decidiu, então, conversar sobre isto com seu hóspede na manhã seguinte.

Quando o mestre e sua gente levantaram-se da cama, o hospedeiro dirigiu-se a ele e relatou-lhe seu desejo e o Baal Schem concordou. Por outro lado, não demonstrou pressa alguma em reiniciar a viagem, deu uma tranqüila volta pela casa, proferiu uma prece com seus acompanhantes, e finalmente pediu ao hospedeiro que preparasse ainda outra substanciosa refeição. Comeram-na e ficaram conversando enquanto o estalajadeiro corria para lá e para cá cheio de impaciência e curiosidade.

Quando o dia já declinava praticamente findo, o mestre ordenou que a carroça fosse aprestada e os cavalos a ela atrelados. Puseram-se a caminho e logo a noite desceu sobre eles. O Baal Schem e os seus sentavam-se calados. Para a mente do estalajadeiro isso afigurou-se estranho e raro e pareceu-lhe que jamais tivera a oportunidade de compartilhar de uma tal viagem. Aqui, nada mais havia a não ser a escuridão. Por vezes ele sentia como se estivessem rodando bem fundo por baixo das ruas dos homens, através de secretas passagens da terra e depois, de novo, o caminho que tomavam parecia-lhe tão leve e transparente como se flutuassem no ar. Não foram surpreendidos por nenhum som, nenhuma pessoa, nenhum animal, nenhum lugar. O estalajadeiro não conseguia controlar seus pensamentos. Tudo dentro dele e ao seu redor parecia ter se dissolvido em algo fugaz e transitório.

Repentinamente sentiu como se o ar a sua volta ficasse mais denso, o primeiro clarão irrompeu e sentiu debaixo de si, de novo, o sacolejar da carroça sobre o leito da terra, um cão latiu na distância, um galo cantou, uma cabana apareceu num dos lados à meia luz. Seguiram assim por um tempo, a manhã começou a clarear e, quando as últimas névoas se desvaneceram ante o sol, o estalajadeiro viu diante de si uma grande cidade. Mal havia passado um quarto de hora quando chegaram a Berlim.

O mestre escolheu uma modesta estalagem localizada nos arredores da cidade, numa vizinhança onde baixas casas assentavam-se em seus pequenos jardins quase como no campo. Então, sentou-se com seus discípulos para o desjejum, no caramanchão, em frente à casa. Depois de terem comido, permaneceram juntos em prece e conversa tranqüila. O estalajadeiro que fizera a viagem com eles pensou nas palavras do pregador, de que estava viajando a Berlim para o casamento de um importante homem e que hoje era o dia da cerimônia, mas não conseguia compreender como o Baal Schem podia permanecer ali tão sossegado em vez de ir se juntar aos convidados na casa do noivo. Ainda perplexo com os acontecimentos da noite e, contudo, já acossado por esta nova pergunta, aproximou-se do mestre. Porém, quando se preparava para abrir a boca, o Baal Schem ergueu o semblante luminoso, e o estalajadeiro viu nisso a alegre zombaria com que o outro, com grande bondade, sorria para a sua alma inquieta. Então a coragem de perguntar o abandonou, e ele pediu licença para sair e vaguear um pouco na cidade estranha.

Não caminhara mais de uma hora quando notou que de cada lado pessoas se agrupavam a fim de compartilhar, umas com as outras, uma novidade e comentá-la. Acercou-se, pois, de uma delas e perguntou o que teria acontecido para levar o povo a esquecer seus afazeres. Ele recebeu esta informação: na casa de um rico judeu, cujo casamento deveria ter lugar hoje mesmo, a noiva morrera repentinamente pela manhã, depois de haver trabalhado com grande alegria até a meia-noite aprontando seus ornamentos, efetuando os preparativos para o banquete e tendo passado o restante da noite em sono tranqüilo. Também, de nenhum modo, estivera doente ou enfraquecida, sendo conhecida por todos como uma bela e saudável jovem criatura.

O estalajadeiro pediu que lhe mostrassem a casa do noivo. Ele entrou lá e encontrou os convidados das bodas tomados de angústia e confusão ao redor da jovem morta, que estava estendida sobre a cama, pálida, porém perfeita. Os médicos, que ainda pareciam estar preocupados com ela, encontravam-se justamente, neste momento, despedindo-se do dono da casa, expressando com certo embaraço a opinião de que aquela que estava morta deveria, pois, permanecer morta. O noivo ali parado, imóvel, tinha o rosto como que coberto por um véu cinzento de aflição. Um ou outro entre os convidados vinha até ele e sussurrava-lhe palavras destinadas a confortá-lo, mas o homem permanecia mudo como se nada tivesse ouvido. Então o estalajadeiro também se aventurou a procurá-lo e contou-lhe a maneira incomum pela qual viajara uma enorme distância aquela noite com o estranho pregador. Falou isso à guisa de palpite, pois, se o milagreiro pôde realizar essa viagem, provavelmente, também, poderia saber como fazer muitas outras coisas além das comuns, e aconselhou o dono da casa a ir até ele e confiar-lhe seu sofrimento. O noivo agarrou sua mão, segurou-a firmemente, e pediu-lhe que o conduzisse à pousada do Baal Schem. Apresentou-se ao mestre, contou-lhe tudo sobre o doloroso acontecimento e rogou-lhe que visitasse o leito da morta. Imediatamente o Baal Schem foi com ele até a noiva exangue e contemplou longamente sua face emudecida.

Todos silenciaram esperando por sua palavra. Ele, porém, desviou-se dos homens que aguardavam e disse às mulheres: "Preparem depressa a mortalha para a falecida e cumpram sem demora os costmes". Ao noivo disse: "Ordene aos homens que se dirijam ao lugar da vida, ao cemitério, para onde você conduz os mortos de sua casa para o repouso final e prepare para ela, também, uma morada". Então o noivo os enviou para lá e pediu que cavassem uma sepultura. "Eu vou com vocês ao funeral desta morta", prosseguiu o mestre. "Levem, porém, as vestes nupciais que ela mesma escolheu para o dia de hoje e tragam-nas à sepultura". Quando tudo ficou pronto, eles estenderam o corpo em um caixão aberto e o carregaram para fora. O Baal Schem andava logo atrás do ataúde, e muitas pessoas seguiam-no com fôlego suspenso.

Diante da sepultura, o Baal Schem ordenou que a morta fosse colocada na cova, com o caixão descoberto, de modo que seu rosto olhasse livremente o firmamento e pudesse ser vista por todos. Mandou também que não se jogasse terra sobre ela. Deu instruções a dois homens que ficassem próximos a ele e esperassem por suas indicações. Então, adiantou-se até a cova aberta, apoiou-se sobre seu bastão e deixou que seus olhos pousassem sobre a face da morta. Permaneceu assim, imóvel, e aqueles que o viram notaram que ele parecia ser como alguém sem vida, como se tivesse enviado seu espírito adiante, para outro lugar. Todos estavam postados num largo círculo em volta da sepultura. Após algum tempo, ele acenou para os dois homens. Eles se aproximaram e viram que o semblante da falecida estava corado com o alento da vida e que a respiração entrava e saía de sua boca. O Baal Schem ordenou-lhes que a erguessem da sepultura. Aconteceu, então, que ela se levantou e olhou à sua volta. A seguir o mestre deu um passo atrás e ordenou ao noivo que ele deveria, sem demora e em silêncio, cobrir a noiva com seu véu, conduzi-la ao pálio nupcial e não relembrar o incidente por nenhuma palavra. O noivo, entretanto, pediu ao mestre se podia ser ele quem abençoasse seu casamento.

Assim, conduziram a jovem coberta pelo véu para dentro da casa, sob o pálio. Quando o Baal Schem, porém, elevou sua voz e pronunciou a bênção nupcial sobre o casal, a noiva arrancou o véu da face, olhou para ele e gritou: "Este é o homem que me absolveu!"

Aí o Baal Schem a repreendeu: "Cale-se!". A noiva emudeceu. E, antes que as pessoas se dessem conta, o mestre havia saído da casa.

Mais tarde, quando todos os convivas do casamento sentaram-se à mesa do repasto, e a sombra do acontecimento ocorrido começou a esmaecer, a própria noiva levantou-se para contar a sua história.

Seu noivo já estivera uma vez, anteriormente, casado, e fora como viúvo que a desejara para ser sua esposa. Entretanto, a primeira, a falecida, era sua tia que a trouxera e cuidara dela, por ser órfã, e permitiralhe crescer ao seu lado na casa. Sucedeu, então, que a mulher adoeceu e não houve salvação para ela e, ela mesma, bem sabia que seu tempo chegara ao fim. Então começou a pesar-lhe fortemente no espírito o fato de que, passado pouco tempo após a morte, seu marido, que ainda não era velho, poderia possivelmente colocar outra em seu lugar. E, ao pensar nisso, ela se deu conta de que sua escolha recairia em sua jovem parente, que conhecia tão bem todos os afazeres da mansão e tinha prazer em efetuá-los e que estaria diante de seus olhos todas as horas do dia. E porque ela mesma amava muito o seu marido e estava perturbada pelo curto tempo que lhe fora concedido viver ao seu lado, ficou com muita inveja da jovem criatura. Ao sentir chegada a hora, chamou os dois à sua cabeceira e os obrigou a prometer e comprometer-se solenemente a nunca se casarem um com o outro. Para ambos, muito compadecidos da moribunda, isto não pareceu difícil e eles fizeram a promessa de bom grado.

A falecida, então, foi levada embora e seu lugar ficou vazio. Até a sua sombra desvaneceu-se do quarto e, agora, estavam ali somente os vivos e tudo em volta deles era vida. Eles se olhavam nos olhos a todo momento e logo entenderam que não poderiam se afastar um do outro. Então quebraram seu juramento e se prometeram um ao outro.

Mas, na manhã do casamento, quando a atmosfera da casa era toda alegria e ninguém pensava nos dias sombrios quando aquela, agora morta, vivia lá em tristeza, a vontade da mulher falecida voltou à sua moradia, reclamou o cumprimento de seus direitos violados e quis matar a mulher afortunada. Nesse momento, ao comando do estranho poder, a vida da noiva foi desprendida de seu corpo e este ficou estendido ali, inerte, enquanto sua alma, então, lutava violentamente com a alma da morta, pelo noivo.

Quando ela foi carregada para a sepultura as duas almas vieram a julgamento. Havia uma voz humana que administrava justiça sobre elas, e elas lutavam diante dela pela decisão. A voz proferiu o veredicto: "Tu morta, que não mais tens participação na terra, deixe-a ir. Pois, atenta, a justiça está com os vivos. Esta mulher e este homem não carregam culpa. Eles precisam fazer o que não queriam a fim de aquietar a necessidade de suas almas". E como a morta não desistia de afligir a noiva, a voz gritou-lhe: "Larga-a! Tu não vês que ela precisa ir ao casamento? O pálio nupcial está esperando!" Então, a noiva acordou para a vida, permitiu que a erguessem da sepultura e que a cobrissem com o véu e, ainda levemente atordoada, seguiu as mulheres até o dossel.

"Mas", disse ela ao noivo e aos convidados quando terminou seu relato, "quando o pregador pronunciou a bênção sobre nós, eu reconheci a voz que havia pronunciado, sobre mim, o julgamento".

A HISTÓRIA ESQUECIDA

Quando o corpo do Baal Schem estava quase consumido pelo fogo de sua alma, ele chamou para junto de si todos os seus discípulos. Ele já se estendera em seu derradeiro leito; sua cabeça estava ligeiramente erguida, apoiada em sua mão esquerda e seu rosto, durante todo o tempo em que falou, estava totalmente voltado para seus seguidores. Seu olhar pousava fixamente sobre aquele a quem se dirigia. Disse a cada um do grupo como deveria conduzir sua vida futura e com que espírito deveria vivê-la.

Entre os seus discípulos havia um que o servia e que estava sempre ao seu lado. Seu nome era Rabi Schimon. O Baal Schem chamou-o por último e lhe disse: "Meu amigo, você está predestinado a viajar pelo mundo e visitar todos os lugares onde morem judeus. Em cada um deles você entrará nas casas e contará histórias; você irá falar de mim e narrar com palavras sinceras o que você viu e experimentou em todos os seus dias de convivência comigo. E o que quer que as pessoas colocarem em suas mãos como recompensa pelo testemunho vivo de suas palavras, seja isto o seu sustento".

No coração de Rabi Schimon aflorou o descontentamento. Com certeza, ele amava acima de qualquer coisa no mundo falar do mestre e reproduzir as palavras deste com seus próprios lábios. Mas, em que poderia isso beneficiá-lo, ser qual um mendigo a arrastar-se de um lado para outro, sem moradia, por menor que fosse para chamá-la de sua, um eterno errante, hóspede em lar estranho? Por isso não conseguiu manter-se calado, precisava deixar fluir sua gota de amargura na agonia do mestre. Assim, disse à meia voz: "Qual será o sentido disso? Devo me tornar um errante e vagabundo e o mais pobre peregrino aqui embaixo".

Então o Baal Schem o confortou e lhe disse: "Seu caminho encontrará um bom final, meu amigo".

Quando, logo depois, aconteceu que o mestre adentrou no Eterno, os discípulos cuidaram de preencher com amor o que a vontade do mestre havia destinado para eles. Rabi Schimon vestiu um traje de viagem e saiu dali, foi de cidade em cidade, para narrar a todos os judeus as histórias do santo Baal Schem. Ganhou o respeito deles e ganhou uma vida fácil com isso. E, como ainda era jovem e podia permitir aos seus olhos perambular com o espírito desoprimido, tomou gosto por belas estradas que o conduziam pela multicolorida terra e não mais sentiu qualquer temor em ir e vir.

Assim se passaram dois anos e meio quando, então, encontrou um velho que vinha de Jerusalém. Este contou-lhe que na Itália, em uma cidade cujo nome lhe deu, residia um rico judeu que guardava em seu coração um admirável amor pelo santo Baal Schem. Toda sua razão de ser estava impregnada dele e todo seu pensar centrava-se na vontade de ouvir falar do mestre. Rabi Schimon pensou então, de si para consigo, que este judeu na Itália deveria ser o homem certo para ouvir os acontecimentos maravilhosos sobre os quais sabia contar. Pois suas palavras a respeito do sublime homem tinham, na verdade, passado ao largo de muitas mentes tolas e de muitos ouvidos frívolos de modo que, agora, sentiu o desejo de contá-las a um ouvinte sincero que lhe abrisse o coração.

Comprou um cavalo e uma carroça e preparou-se para viajar. Passaram-se sete meses até chegar à cidade do ricaço, pois, em caminho, precisou demorar-se algum tempo em muitos lugares, a fim de, como contador de histórias naquelas casas, conseguir ganhar o dinheiro para sustentar-se durante a viagem. Tão logo chegou à cidade bateu à porta de um judeu e perguntou pelo homem que nutria tão grande respeito pelo Baal Schem. As pessoas então lhe contaram que o judeu a quem ele se referia viera àquela cidade como um forasteiro, cerca de dez anos atrás. Já naquela ocasião trazia consigo grande fortuna. Passados uns poucos meses que lá vivia, aconteceu que o último de uma linhagem principesca morreu. O palácio do falecido e todas as propriedades que lhe pertenciam nos arredores foram para as mãos de um parente distante, em Roma. Este não querendo abandonar seu lar hereditário, expressou então o desejo de vender a propriedade herdada. Foi aí que aquele judeu, vindo de fora, foi procurá-lo e pagou em ouro puro o exorbitante preço exigido. E todos os judeus da região ficaram por demais felizes pelo fato de o forasteiro vir a viver ali com tanta magnificência, pois pairava sobre ele um bondoso e piedoso espírito. No *Schabat* seu palácio estava aberto para todo judeu honrado. Nos amplos salões, eram dispostas as mesas sabáticas em fulgor de linho e prata e, desde a queda da Cidade Santa, o Dia do Senhor não era celebrado em nenhum lugar, provavelmente, de tão resplendente forma quanto aqui. Em cada um dos três repastos do *Schabat*, o anfitrião sempre fazia com que uma história do santo Baal Schem fosse narrada para ele e seus convidados, e cada pessoa que tivesse algo a contar era recebida com honraria pelo ricaço agradecido. E sua recompensa também ia além de qualquer costume: no dia seguinte à festa, o magnânimo judeu, em pessoa, a procurava e presenteava o narrador com uma bem cunhada moeda de ouro.

Quando o Rabi Schimon soube disso, enviou e fez anunciar ao palácio que um seguidor e discípulo do santo homem chegara à cidade. Imediatamente o mordomo da casa veio buscá-lo e, com muitos sinais de respeito, conduziu-o ao castelo onde vários quartos, belos e confortáveis, foram-lhe designados.

Entrementes, começara a difundir-se na própria cidade assim como em toda a região, entre os judeus, que um discípulo do Baal Schem havia chegado. No *Schabat* todos aqueles que estavam curiosos por ouvi-lo acorreram à mesa do hospitaleiro anfitrião numa tão grande multidão como jamais houvera. Quando as canções do primeiro repasto sabático ressoaram solene e ardentemente por entre os pilares do salão, o dono da casa levantou seu semblante e o volveu em direção ao Rabi Schimon, que leu nele um pedido e uma expectativa. Com a voz suave, o magnânimo homem convidou-o, se ele julgasse que sua casa merecesse, a falar do sublime mestre para o conforto de sua alma e dos presentes.

Rabi Schimon retesou-se na cadeira, apoiou os braços nos encostos entalhados, e abriu a boca para permitir que a imagem do milagroso homem surgisse em palavras dignas. Estava acostumado a que os relatos da vida do Baal Schem viessem, por si sós, a seus lábios. Mas, agora, ali sentado esperando que o discurso se configurasse em sua boca, de repente, um gélido frio o acometeu vindo de dentro dele, as palavras se congelaram, ele enrijeceu e empalideceu. Como se fora por trás de um véu, viu muitos olhos suspensos em sua boca; abriu os lábios, mas o som permanecia natimorto. A silenciosa demanda de todos os semblantes, que se mantinham implacavelmente voltados para ele, magoava-o. Reuniu todas as suas forças a fim de colocar a imagem do mestre diante de sua alma; pensou na cidade de Mesbitz, suas casas, muros, jardins e todas as pequenas coisas que lhe eram tão familiares, mas os pensamentos não se transformaram em imagem. Confuso e envergonhado irrompeu em pranto.

Elevando seus olhos, viu que todos o encaravam como um embusteiro, perfidamente abandonado pelo espírito da mentira. Somente o dono da casa o olhava, absorto; e cheio de boa compreensão disse-lhe: "Nós esperaremos até amanhã. Talvez sua memória lhe retorne".

Rabi Schimon permaneceu deitado a noite toda em lágrimas e esperou pela visita da imagem do Baal Schem. Mas sua mente continuou deserta. Quando ele apareceu na refeição matinal do *Schabat* todos o olharam com desdém. O dono da casa, porém, tornou a falar-lhe: "Talvez agora você possa nos contar uma história".

Então o Rabi Schimon lhe disse e jurou que essa noite de esquecimento, em que seu pensar havia submergido, não podia ser uma coisa vazia e acidental, mas, com certeza, fora-lhe imposta por um poder superior, para algum propósito significativo. O homem rico respondeu: "Esperemos até o terceiro repasto". E Rabi Schimon percebeu na face dele um humilde sorriso. Contudo, a dor e a vergonha que o afligia era muito grande para que ele refletisse sobre isso, de si para consigo. No terceiro repasto sua memória também não voltou. Porém, fortaleceu-se com amor e aceitou tudo com o coração sincero, pois, no seu íntimo, ele agora pressentia que tudo isso tivera de acontecer para que antigas cadeias pudessem se afrouxar.

Entretanto, passou-se o *Schabat* e nada mudou. No dia seguinte Rabi Schimon despediu-se. O homem rico deixou-o partir com olhos fundos de tristeza e presenteou-o com um lindo regalo que deveria compensá-lo pela longa jornada e as muitas necessidades. Deu-lhe também um confortável carro de viagem, com criados, a fim de que eles o conduzissem à fronteira do país, a partir de onde seria mais fácil prosseguir viagem. O hóspede desceu e sentou-se no carro. Tudo estava pronto e o cocheiro já incitava os cavalos, quando Rabi Schimon sentiu como se um lampejo de luz tivesse, de súbito, perpassado o seu corpo. Quando conseguiu voltar a si, deu-se conta de que uma grande história do santo Baal Schem se apresentava intimamente diante de sua alma com a clareza de uma pintura. Abandonou-se por um momento ao intenso deleite que lhe sobreveio no instante da graça; então, mandou que o cocheiro retornasse o carro que já havia percorrido várias quadras de distância do palácio. Quando alcançaram a casa, enviou um criado ao patrão e pediu-lhe anunciar que Rabi Schimon havia voltado porque se recordara da história do santo mestre. O dono da casa o recebeu, porém a trêmula expectativa em seu semblante escapou a Rabi Schimon que nada via e sentia senão sua história. "Rogo-lhe que se sente a minha frente", disse o dono da casa, "e me conte a narrativa da qual você agora se lembrou". Rabi Schimon contou-lhe o que se segue:

"Aconteceu certa vez no início da primavera, logo antes dos dias em que os cristãos celebram sua Páscoa, que o santo Baal Schem passou todo o *Schabat* em desalento. Andava de um lado para outro em sua casa, profundamente absorto e ansioso, como se sua alma o tivesse abandonado para uma perigosa batalha e ele a esperasse por seu retorno. Após o terceiro repasto, que ele comeu em silêncio, ordenou que aprontassem o carro e atrelassem os cavalos. Sua melancolia estendia-se sobre a casa e seus seguidores como uma ameaçadora e escura nuvem de tempestade. À sua ordem de aprontar-se para partir, um suspiro de alívio percorreu a sala, pois todos sabiam que era viajando assim pelo país, após o término do *Schabat,* que o que antes estava complicado costumava sempre se esclarecer.

"Dessa vez eram três dos seus seguidores a quem concedera o privilégio de tomar parte na viagem, e eu era um deles. Viajamos a noite toda e como freqüentemente acontecia nas vezes anteriores, nenhum de nós conhecia a finalidade da jornada. Tão logo a claridade da manhã começava lentamente a se elevar, chegamos a uma grande cidade. Os cavalos moderaram sua furiosa carreira e, como que refreados por uma mão invisível, pararam de repente diante do portão de uma desolada casa cujo lado dava para uma estreita ruela, enquanto seu oitão parecia voltado para uma larga praça. O portão estava fechado, as janelas cobertas pelas venezianas, a rua toda permanecia deserta e silenciosa. O mestre mandou que eu me apeasse e batesse à porta. Bati por um longo tempo, em vão: por fim, apliquei na minha batida todo o meu anseio por descanso e a sombria e trancada casa reverberou aos meus golpes. Então, uma pequena porta que se situava em uma das enormes alas laterais do portão foi aberta de dentro.

"Diante de nós estava uma mulher idosa com o rosto perturbado do qual olhos avermelhados nos encaravam fixamente. De repente, ela gritou para nós: 'O que os leva a vir aqui justamente hoje! O que, vocês então não sabem que estão a caminho do abatedouro?' E por eu estar olhando para ela sem compreender, pois, julgava que me encontrava diante de uma louca, ela nos puxou para a entrada e disse: 'Agora vejo que vocês são estrangeiros e não estão familiarizados com os costumes de nossa cidade. Acontece o seguinte: Vive aqui há vários anos um bispo cristão, um homem orgulhoso e inflexível que é inimigo mortal dos judeus. Ele decretou agora que todos os judeus que forem encontrados nas ruas no dia anterior ao feriado da Páscoa deles devem ser presos e martirizados como vingança pelo Messias deles. Por isso, nós nos precavemos nesses dias e nos escondemos bem no interior de nossas casas. Eles bem o sabem e por isso querem tirar a sorte para determinar em quem do nosso povo o tormento deverá recair. Mas vocês', ela gritou, e nos empurrou em direção ao carro, 'vocês que são estrangeiros aqui, eles não os pouparão! Vocês não conhecem a gente desta cidade, eles são bestas ferozes quando seu sangue fica inflamado. Depressa, tentem alcançar o próximo lugar e esperem lá até o final deste dia infeliz para, depois, voltar aqui e fazer os seus negócios!' Assim bradou a velha e ergueu suas mãos para o alto.

"Mas o Baal Schem não lhe prestou atenção; empurrou-a para um lado, entrou, e nos ordenou abrir o portão e esconder o carro e os cavalos na cocheira e os suprimentos que trouxéramos conosco, na casa. Ele ficou ali, postado, olhando com tranqüilidade enquanto tudo era disposto conforme suas ordens. Depois, nos mandou que fechássemos de novo o portão e a porta, e nós permanecemos no grande e escuro vestíbulo. O mestre nos acenou e conduziu-nos por um caminho, subindo vários degraus da escada de madeira esculpida. Abriu uma porta e nós entramos em um imponente aposento que estava um pouco acima do nível do solo. Eu fiquei parado por um tempo até que meus olhos se acostumaram ao local pois, embora lá fora, entrementes, a claridade matinal tivesse se erguido, o aposento permanecia na escuridão. As venezianas das janelas estavam fechadas e, por cima, as pesadas cortinas haviam sido puxadas, unidas sobre elas. Depois de olhar um pouco em volta dei-me conta de que no quarto se ocultavam muitos homens. Eles se escondiam silenciosamente nos cantos como se através de sua ansiedade tivessem perdido a consciência. Era bem possível que todas as pessoas da casa estivessem lá agrupadas.

"Enquanto isso a velha havia nos seguido do vestíbulo chorando e agora repreendendo o Baal Schem a pretexto de que sua invasão pudesse trazer infortúnio à sua casa. Ele, porém, nada respondeu. Em vez disso se pôs a medir o aposento com largas passadas e depois se deteve junto a uma das janelas que se abria para um espaço semicircular. Tranqüilamente ele esticou a mão e empurrou as cortinas para trás; então, abriu a janela e as venezianas de madeira atrás delas e, agora, quedou-se com toda a sua estatura contra a moldura aberta. A luz matinal e a brisa fresca fluíam para dentro. A velha não mais ousava falar alto, mas suplicava ao mestre com gestos desesperados para fechar a janela outra vez e voltar para trás. Como, apesar de tudo, ele não lhe desse atenção, ela, por fim, agachou-se calada no chão, próxima aos outros.

"A janela aberta que agora nos permitia uma visão ampla não abria para a estreita ruela pela qual havíamos chegado, mas, sim, para a grande praça de onde o oitão da casa fazia parte. No meio, eu vi uma igreja de pedra branca que erguia duas torres para o alto. Exatamente defronte a nossa janela, no lado externo dos muros, foi construído um púlpito. Cerca de trinta degraus de pedra conduziam ao topo. Quando o mestre abriu a janela encontravam-se ainda poucas pessoas na praça; mas, seu número foi aumentando de minuto a minuto e agora já se reunira uma densa multidão em volta do púlpito. Então, ressoaram sobre nós os sons de muitos sinos. Lá fora, entre as pessoas, um movimento era perceptível, um acotovelar-se e empurrar-se; e daí abriu-se na escura multidão uma larga e clara passarela por onde apareceu em esplêndido cortejo, com bandeiras, luzes e nuvens de incenso, o bispo sob o seu dossel de prata. Todos se calaram e esperaram enquanto ele, em sua toga de brocado brilhante, galgava os degraus do púlpito. Ali imergiu, em seguida, numa prece silenciosa preparando-se para o sermão e toda a multidão ajoelhou-se silenciosamente.

"O mestre permaneceu firme em frente à janela aberta e olhou para fora. Então, falou com voz clara bem em meio a este silêncio: Schimon, vá lá fora e diga ao bispo: 'Israel, o filho de Eliezer, está aqui e manda chamá-lo'. Quando as pessoas que estavam conosco no aposento ouviram essas palavras,. dominou-as a consternação e permitiram-se esquecer o medo que, pouco antes, as impelira a esconder-se nos cantos. Elas saltaram, rodearam o Baal Schem, e protestaram contra o que ele me ordenara fazer. Ele, porém, permanecia ali como se as palavras delas não tivessem tocado seu ouvido e seu entendimento, olhou para mim significativamente e disse: 'Vá, Schimon, vá depressa e não tenha medo!'

"E eu, que hesitara pela duração de um pensamento, reconhecia o meu mestre agora, como antes, e encaminhei-me por entre a multidão até o púlpito e ninguém, tampouco, pronunciou sequer uma só palavra ou tocou um só dedo em minhas vestes . Subi metade dos degraus, então parei e me dirigi ao bispo em língua hebraica: 'Israel, o filho de Eliezer, está naquela casa. Ele manda chamá-lo para que você vá até ele'.

"Então o bispo replicou-me na mesma língua: 'Eu sei da sua presença. Diga a seu mestre que eu me apresentarei ante ele imediatamente após a prédica'.

"Eu me virei, atravessei a multidão na praça, e entrei na casa. As pessoas com quem estávamos haviam se esgueirado até a janela fechada para espiar a praça pelas frínchas a fim de ver o que me aconteceria. Viram que passei ileso pela multidão até o púlpito, sustentei a fala com o bispo como me fora ordenado e voltei novamente a salvo. Compreenderam, então, que deveria haver algo de grandioso a respeito de nosso mestre e, tão logo entrei no aposento, percebi como elas rodeavam-no e pediam seu perdão. Ele, porém, ouviu imperturbável a minha mensagem como se ele e eu estivéssemos sozinhos na casa. Depois de me ter escutado, sorriu ligeiramente e me disse: 'Volte, vá uma vez mais até o púlpito e diga ao bispo – Não seja louco. Venha imediatamente, pois o homem que o chama e convida é Israel, o filho de Eliezer'. Eu procedi como ele ordenou e, outra vez, me encaminhei até o púlpito. Quando pisei na praça o bispo havia, justamente, começado o sermão. Subi até lá e puxei um pouco o seu manto. Então, ele se deteve e olhou para mim e eu repeti as palavras do Baal Schem. Notei que seu rosto mudou de cor ante minha fala; aí, ele se dirigiu ao povo e disse: 'Tenham paciência por um momento. Eu retornarei'. Ele me seguiu pela praça por entre a multidão em sua veste bordada de ouro e flores, seu alto barrete dourado na cabeça e, assim, entrou na casa e postou-se diante de meu mestre, o santo Baal Schem.

"Os dois entraram em um quarto separado, fecharam a porta atrás de si e permaneceram lá por duas horas. Depois o Baal Schem saiu, sozinho. Ele estava muito aliviado, em seus olhos brilhava a glória de Deus. Ordenou-nos que aprestássemos o carro e os cavalos e partimos dali.

"Não sei o que aconteceu entre o bispo e nosso mestre. Não sei também, até hoje, o nome da cidade, pois o Baal Schem não nos deu a conhecer nem naquela ocasião, nem depois. Sei apenas que foi algo grandioso que o santo homem levara a efeito quando saiu de dentro daquele aposento trancado, pois parecia qual um querubim das hostes celestiais. Após a sua morte deixei de inquirir a respeito daquele evento, porquanto, depois de nosso retorno, este desapareceu completamente de meu espírito e somente hoje, pela primeira vez, assim que deixei essa casa, recordei-me de novo deste fato."

Quando Rabi Schimon calou-se, o homem rico ergueu-se, estendeu as mãos para o alto e louvou a Deus. "Meu amigo", ele disse a Rabi Schimon, "abençoada seja a sua vinda e abençoada seja cada uma de suas palavras. De sua boca eu sei que veio a verdade. Devo informar-lhe sobre aquela parte do ocorrido que, decerto, permaneceu obscura para você.

"Aquele bispo a quem você chamou sou eu. Assim que você pisou em minha casa eu o reconheci. Outrora eu fui um judeu pleno da mais antiga sabedoria e possuía uma alma abençoada. Então o espírito estranho ganhou poder sobre mim de modo que caí na apostasia. Logo fui alvo de grande prestígio entre os adeptos do meu novo credo. Tomei as santas ordens de sua igreja e galguei cada vez mais alto nesse ofício até que governei como bispo sobre todas as almas deste país. Grande, porém, era meu ódio contra meu próprio povo. Tão logo sobrevinham as noites, a bem dizer, quando minha alma estava desarmada, a vergonha da apostasia se apossava de mim. Durante o dia, entretanto, quando estava fortificada, eu me vingava pela inquietação de minhas noites e alimentava com todas as malícias as almas da minha comunidade contra os filhos do povo que eu havia repudiado.

"Meus antepassados judeus, entretanto, haviam sido de uma estirpe honrada, orgulhosa de sua fé. Tinham grande merecimento perante o Senhor e mais de um havia selado com sangue o pacto sagrado. Assim, a paz de sua eternidade ficara conturbada pelas minhas más ações. Eles procuraram pelo Baal Schem e rogaram-lhe que se apiedasse de minha alma decaída. Aí, o santo homem entrou em meus sonhos e neles lutou com o espírito maligno que me possuía. Ambos eram guerreiros poderosos e eu era puxado e atirado de um lado para o outro, entre eles, como uma miserável folha na tempestade. Mas naquele *Schabat* dos judeus que precede o feriado da Páscoa cristã, o espírito do santo homem estava ao meu lado dia e noite. Ele já havia conquistado minha vontade e, durante a noite, eu decidira fugir pela manhã seguinte – abandonar tudo e retornar ao povo da minha infância. Mas, com o dia, a dúvida cresceu em mim. E, quando os sinos me chamaram, a multidão à espera rodeou a igreja e os criados colocaram os trajes dourados sobre meus ombros, não pude mais renunciar a todo este poder sobre a mente humana e subi ao púlpito. Então, o santo homem enviou você para me chamar. Mas, eu queria primeiro proferir o meu sermão, pois, assim, em minhas próprias palavras e no ânimo inflamado dos que me rodeavam, pensava fortalecer minha vontade, a fim de poder persistir em meu desafio diante do mestre. Você me chamou uma segunda vez, então, toda a resistência me abandonou e eu o segui, como uma criança ao crepúsculo obedece o chamado de sua mãe.

"Eu vim ao mestre, ele lutou por minha alma e a ganhou. Ele me mostrou o caminho pelo qual eu poderia me redimir de meu pecado e eu me tornei um penitente daquela hora em diante. Confessei meu erro diante do rei e de todo o povo; depois deixei o país. Vim para cá, passei meus anos na purificação de minha alma e esperei a absolvição divina. Pois saiba que o santo homem me anunciou: 'Quando um dia alguém aparecer diante de você vindo de um país estrangeiro e lhe contar sua história, interprete isto como o sinal de libertação dos grilhões de seus atos'. Quando você chegou e todo o ocorrido desapareceu de seus pensamentos, eu entendi que isto acontecera por minha causa, porque eu ainda não completara o que deveria fazer. E, por isso, mergulhei de novo nas profundezas da devoção. Contudo, agora que você lembrou, eu sei que fui libertado.

"Você, porém, meu amigo, terá agora um abrigo, e nunca mais será, outra vez, um errante sobre a terra. Pois tudo que é meu eu dividirei com você, de cuja boca a palavra libertadora veio a mim."

A ALMA QUE DESCEU

Dentre as muitas esposas sem filhos que procuravam o Baal Schem com pedidos pelo milagre, havia uma mulher que voltava regularmente, a pequenos intervalos, para chorar aos pés e envolver o coração do mestre à falta que sentia em sua vida. Ela aparecia e sumia sem muitas palavras, mas sempre com uma chama ardendo em seus olhos. Quando o Baal Schem a viu pela primeira vez entre seus visitantes, era uma criatura jovem, encantadora e doce. Porém, no correr dos anos, durante os quais tornou a voltar, com seu modo penetrante e silencioso, seu semblante se fez amarelado e tão abatido, como se tudo dentro dela tivesse sido consumido pelo grande desejo.

Uma vez mais ela inclinou sua delicada cabeça diante do mestre, com os olhos úmidos de mudas lágrimas deslizantes, implorando com esse único e respeitoso gesto. Desta vez, porém, ele colocou a mão sobre a cabeça dela e a manteve por um momento em silenciosa meditação. Então suspirou profundamente, baixou seu olhar para ela e falou suavemente: "Vá para casa, mulher. Dentro de um ano você dará à luz ao filho que sua alma anseia!"

Por sete anos o mestre não a viu. Depois, um dia, ele outra vez a encontrou entre um grupo de visitantes, conduzindo um lindo menino pela mão. "Mestre", ela falou, "eis aqui a criança que eu, conforme sua palavra, tive. Eu a ofereço ao senhor, pois saiba que eu temo por sua natureza, que não parece ter nascido de minhas entranhas como o seu corpo, do meu corpo". O Baal Schem olhou para a criança e foi como se nunca tivesse visto algo tão gracioso e altivo como essa pequena criatura em suas roupas surradas. O menino também alçou o olhar, mas não de maneira tímida ou confiante ao modo das crianças. Com grande seriedade, ele mergulhou seus olhos nos do mestre.

O Baal Schem ergueu a criança em seus braços e perguntou à mulher: "Como pode o seu coração suportar que você se separe dele, você que lutou com Deus por ele, todos os anos de sua juventude?"

"Mestre", ela retrucou, "quando o menino abriu os olhos pela primeira vez e me contemplou com um estranho olhar, como se de uma longa distância, meu pobre coração apertou de espanto como se ele não fosse de meu sangue. Então, ele, à medida que crescia, olhava para além de nossa pequena casa com seus distantes olhos e vivia conosco como um hóspede e não como alguém da família. Embora, também, fosse quieto e bom e pouco trabalho me dessem os cuidados de seu corpo, ainda assim, Mestre, me ocasionava o tempo todo grande ansiedade; pois, em seu rostinho pairava sempre uma espera e paciente escuta. Então, a coragem de criar esta criança nos abandonou completamente, pois nos pareceu que aquele que quiser ser seu guia deve enxergar mais longe do que nós dois, pobres criaturas. Por isso, eu o ofereço ao senhor."

O Baal Schem, em silêncio, aprovou com a cabeça e deixou a mulher ir embora, o garoto, porém, ele levou para sua casa e permitiu que fosse criado junto de si. O menino era tão altamente dotado que espantava a todos que o viam. Quando cresceu, muitos dentre os ricos, de bom grado, gostariam de somar a honra de tê-lo em sua casa, unindo uma filha com ele, e ocorreu, por vezes, que um deles falasse disso ao mestre. Ele, contudo, prestava-lhes pouca atenção e, sorrindo, gentilmente os despedia. Por isso, cresceu em todos a opinião de que nenhuma dessas uniões prometia-lhe bastante brilho para seu filho adotivo. Daí, pelo respeito ao mestre, acabaram esquecendo seu desejo.

Aconteceu um dia que o Baal Schem ordenou a um fiel discípulo que fosse para uma cidade distante e lá procurasse um homem cujo nome lhe deu. Mandou que entregasse a essa pessoa uma carta que colocou em suas mãos. O mensageiro foi conforme lhe fora prescrito, chegando ao lugar designado depois de viajar por duas semanas, e procurou pela pessoa nas casas dos pios. Parecia, porém, que nenhuma alma conhecia aquele nome. Dia após dia passou-se sem que nenhuma notícia chegasse ao inquiridor que estava ficando desanimado. Uma tarde encontrou um velho judeu, alquebrado e indigente, que vendia um cesto de frutos frescos da horta. Quando ele, casualmente, perguntou-lhe o nome, verificou-se que devia ser este o homem a quem se destinava a carta do Baal Schem. Após descobrir isso, o mensageiro entregou-lhe a carta; muito embora lhe parecesse estranho que o santo homem pudesse ter qualquer coisa de importante a comunicar a essa criatura, de aparência tão medíocre e disparatada.

O vendedor, no entanto, foi incapaz de decifrá-la e, por isso, o mensageiro abriu a carta e leu-a para ele. Nela estava escrito que o mestre pedia a terceira filha do pobre homem para ser a esposa de seu filho adotivo, e seu nome e idade estavam citados. Depois, o Baal Schem esclarecia que ele estava disposto a cuidar do enxoval e das núpcias por seus próprios meios. Também se dispunha a posterior ajuda ao pai no caso de qualquer necessidade. "O senhor está satisfeito?" perguntou o mensageiro ao velho.

"Ah, senhor", ele falou, e o riso brotou por sobre toda a sua face atormentada, "como poderia eu não estar satisfeito? Não tenho eu uma casa repleta de filhas que correm descalças e brigam entre si por causa de escassos bocados de comida? Mas, essa criança que o excelso deseja como esposa para seu filho é demasiado refinada para minha pobreza. Ela ainda executa seus afazeres diários como se vagasse em sonho e fala de uma tal maneira que eu, um velho simplório, dificilmente sei o que está dizendo!"

No dia seguinte, o mensageiro, o velho e sua filha partiram ao encontro do Baal Schem. Quando chegaram à casa do mestre, este recebeu o pai e sua filha com carinho e os cumulou de tanta gentileza que eles, em seu contentamento, reviveram como plantas à luz da manhã. Logo a seguir, a casa ficou preparada para o casamento. O Baal Schem, ele próprio, pronunciou a bênção sobre os jovens. Quando o repasto chegou ao final e todos que se sentavam às mesas, já vazias, tinham os corações cheios de alegria e júbilo, o Baal Schem, quase como sem intenção e inclinado apenas para seu vizinho, começou com voz suave a contar uma história. De sua expressão, entretanto, cada um adivinhava que isto de que ele começara a falar vinha do manancial de sua visão e tocava no significado desse dia santificado. Por isso, eles ficaram atentos e interromperam toda a atividade, semblante e corpo voltados para o mestre. O casal de nubentes deu-se as mãos e escutou.

A história soou assim:

"Havia uma vez um poderoso rei que governava um país distante com terras a perder de vista. Ele vivia há muitos anos com grande tristeza, pois sua esposa não lhe havia dado nenhum filho.

"Um dia falou com um mágico sobre tal infortúnio em sua vida. Este ouviu-o pensativamente, sorriu de modo misterioso e depois falou: 'Meu senhor, só há uma coisa a fazer, devemos obrigar os poderes superiores por meio de apaixonada e violenta investida de almas ansiosas. Pode acontecer, no entanto, que sua tristeza o tenha enfraquecido. Por isso, tenha paciência por algum tempo e eu lhe criarei ajudantes nessa súplica. Apenas siga meu conselho e faça saber ao país, ainda hoje, que o senhor decretou à nação dos judeus, que habita entre o povo nativo, estar ela proibida de praticar suas crenças e seus costumes até que o céu lhe conceda um filho e herdeiro de seu glorioso domínio'.

"Muito embora o rei não compreendesse o que tudo isso tinha a ver com um herdeiro de seu sangue que pretendia conseguir, assentiu à proposta e fez com que o anúncio fosse proclamado em todas as suas terras. Então, todos os corações judeus se assustaram. Mas, por serem os judeus devotados à sua fé, eles não a abandonaram, porém serviram-na com a mesma fidelidade, como antes, durante as escuras noites e em porões secretos. Daí, aconteceu que as almas, que durante o dia ficavam aprisionadas nas garras daquele animal furioso chamado ansiedade, enviavam para o alto, durante a noite – quando ninguém lhes proibia seu Deus –, suas preces unidas para que o Senhor pudesse conceder ao rei a criança, a fim de que fossem libertados dessa vergonha servil. Tão fervente foram em sua perseverança que o céu ficou comovido pela insistência de suas preces e as santas almas, que vivem na alegria de Deus, uma vez mais tremeram violentamente em resposta ao grande grito terreno de pesar. Mas, o espírito do mais alto permaneceu intocado. Então, uma das almas iluminadas ficou tão arrebatada pelo sentimento de compaixão que se apresentou diante do trono do Eterno e rogou: 'Deixe-me retornar à terra, de onde o Senhor me ergueu, para que eu possa nascer ao rei, como seu filho, a fim de libertar o povo judeu'. Isto o Senhor concedeu.

"Um filho nasceu para o rei. Mas em sua felicidade ele se esqueceu dos judeus; esqueceu-se de acabar com o infortúnio deles como havia prometido e não havia ninguém em suas terras que pudesse agir de mediador junto a ele.

"A criança, entretanto, era bela de semblante e encantadora de alma e inclinada desde os primeiros anos a refletir com seriedade e sabedoria. Evidenciou-se, mais tarde, quando se tornou um jovem que, para sua mente brilhante, os ensinamentos de seu tutor empalideciam e perdiam toda a cor. O rei ficou desnorteado, sem saber a quem designar para mentor de seu filho. Naquele tempo, porém, na capital do reino, falava-se muito de um ancião, forasteiro, que ali chegara havia pouco tempo e sobre cujas origens se faziam, na verdade, uma porção de conjeturas sem que houvesse nenhuma informação segura. Embora o ancião não procurasse ninguém e evitasse a praça do mercado e a rua, muito se contava a respeito de seu saber e do poder de sua alma, o que fazia com que as pessoas o procurassem como conselheiro e arrimo quando a necessidade exigia. Comentava-se, também, dos peculiares costumes de sua vida. O povo imaginava-o ligado a poderes superiores.

"De tudo isso falou-se ao rei, até que ele mandou vir à sua presença o misterioso homem e pediu-lhe que morasse em sua casa e educasse o príncipe. O homem sábio concordou desde que fosse satisfeita uma condição. 'Ordene', ele disse, 'que ninguém entre em meu aposento, nem pela força nem pela astúcia, durante as horas em que eu desejo ficar só!' O rei prometeu-lhe isso e instruiu todo o pessoal da casa, inclusive seu próprio filho, a observar o desejo do sábio.

"O príncipe desenvolveu uma profunda afeição pelo ancião e tornou-se mais apegado a ele do que ao seu pai. Mas, ficava sentido pelo fato de o professor, por vezes, pedir-lhe que o deixasse e, mesmo depois de o jovem ter suplicado ao homem com lisonja e rogos, para que ele lhe permitisse permanecer durante esses momentos secretos, ainda assim nunca recebera o consentimento. Então escondeu-se, um dia, num canto do aposento, atrás da porta que levava à sacada, e esperou com latejantes pulsações. Quando o mestre trancou o quarto e tudo ficou quieto após algum tempo, o filho do rei saiu e encontrou seu professor, diante de um púlpito, inclinado sobre um velho livro, coberto por um xale de orações e sua cabeça coroada com o filactério. O ancião mirou sua face em silêncio e preocupado. O jovem então ficou desolado e lhe disse: 'Eu não queria de forma alguma afligi-lo, pois eu lhe sou fiel no fundo da minha alma. Honra-me com a sua confiança e diga-me o que significam as estranhas atitudes que percebo no senhor'.

"O ancião relatou que era judeu por nascimento, que fora privado de sua fé por ordem do rei e fora condenado a servi-la em sigilo. O rapaz sentiu-se desejoso de saber algo sobre as leis e a natureza dessa fé e o professor satisfez-lhe a vontade. Uma atração pelas Santas Escrituras logo dominou o filho do rei, e o professor com grande zelo, agora, em segredo, passou a instruí-lo dia após dia. As antigas e maravilhosas vidas que surgiam das veneráveis letras conquistaram o menino e ele sentiu que precisava abertamente escolher e confessar isso. Expressou esse sentimento ao seu professor que o aconselhou, se fosse o caso, a abdicar de sua posição e do título, e fugir com ele para uma terra distante onde pudessem se dedicar ao estudo sem serem molestados. Essa proposta agradou ao jovem.

"Chegaram a uma terra onde o povo judeu podia praticar sua fé em paz e lá viveram em reclusão por muitos anos. Durante este período o jovem tornou-se grande em sabedoria. Depois disso aconteceu que um *tzadik* chegou à cidade e foi recebido com honra pelos judeus. O filho do rei e o professor também se apressaram em saudá-lo. A nobre conduta do jovem agradou tanto ao *tzadik* que ele lhe ofereceu sua única filha em casamento. Quando a cerimônia das bodas estava concluída, o filho do rei disse à sua jovem esposa: 'Eu tenho um pedido a lhe fazer neste dia. Ocorre às vezes, em momentos de êxtase, que meu corpo fica como que sem vida e parece como o de um morto. Por isso, eu lhe peço que nessa ocasião não chame ninguém para ajudá-la a me reanimar, porém, espere pacientemente pelo tempo que minha alma requer para retornar por sua própria e livre vontade ao reino da vida corpórea'.

"A esposa, que era de uma índole tão gentil quanto corajosa, prometeu observar bem esse aviso e assim o fez, daí por diante, quando as circunstâncias o exigiam. Ela era uma companheira amável e feliz para o esposo e os dois passavam o tempo todo em amorosa comunhão. Sucedeu, então, que o marido caiu em um transe inusitadamente profundo, no qual seu corpo parecia realmente estar morto. A jovem mulher a princípio agüentou com firme coragem, mas, daí, quando o usual espaço de tempo havia transcorrido, uma angústia atordoante apoderou-se dela. Ela quis pedir ajuda de pessoas, mas, no mesmo momento, lembrou-se da ordem e deixou-se cair em silêncio ao lado daquele corpo exangue.

"Após longas horas, os primeiros traços de retorno à vida mostraram-se no corpo do homem em êxtase. Ele se ergueu e lentamente voltou a si. A mulher quis saudá-lo com alegria, mas ele respondeu às suas palavras com melancolia e pareceu-lhe como se seu olhar pousasse sobre ela com uma escondida compaixão. O dia todo ele permaneceu absorto e ensimesmado. Ao entardecer, a esposa pediu-lhe com amorosa insistência que ele não ocultasse dela o que lhe pesava no seu coração. 'Saiba, minha mulher', respondeu ele, 'que um doloroso conhecimento a mim se revelou hoje, enquanto eu permanecia nas alturas eternas. Por causa do meu nascimento e por causa dos primeiros anos de minha vida, em que eu passei em pompa e em ociosa mundanidade na corte do rei, uma ascensão mais elevada da alma me é vedada a não ser que eu aceite a morte e então renasça de uma pobre, pura e humilde mulher. Por isso, eu lhe imploro, minha amada e minha esposa, que permaneça em espírito comigo e me permita, sem demora, partir para lá'.

" 'Eu ficaria satisfeita', falou a esposa, 'se me deixasse morrer com você e se eu voltasse à terra com sua alma e, em sua vida rejuvenescida, eu pudesse unir-me a você, de novo, como sua esposa'.

"Eles se deitaram juntos no sono da morte e unidos expiraram no mesmo suspiro. Um espaço de tempo transcorreu aqui embaixo durante o qual suas almas estiveram imersas naquela escuridão cuja duração ninguém nunca mede e, então, eles retornaram. O homem nasceu de uma humilde mulher na imobilidade da pobreza e a esposa veio à luz terrena, outra vez, em uma humilde cabana. A infância de ambos e os anos de sua juventude foram gastos em uma longa e inconsciente procura pelo desconhecido que dormia no fundo do coração. Eles miravam com olhos estranhos para além da vida e dos que lhes eram próximos, cada qual esperando o consorte de sua alma. E vocês, meus amigos, devem todos saber que eles encontraram um ao outro e que eles estão aqui, entre nós, unidos como noivo e noiva."

Quando o Baal Schem acabou de falar, um brilho intenso iluminava todas as frontes.

O SALMISTA

Em uma cidade não longe daquela onde morava o Baal Schem, vivia um homem rico que se dedicava ao serviço de Deus nos raros momentos de introspeção, porém, em geral, entregava-se a múltiplos impulsos mundanos. Já ouvira falar do santo em muitas ocasiões e sabia que todos os devotos o visitavam; todavia, ele o evitava seja por timidez ou porque, sobrecarregado pelo fardo do cotidiano, não tinha anseio pela paz do mestre. Mas o Baal Schem conhecia a vida dele, como conhecia a vida de todas as criaturas, e o amava secretamente a distância. Porque esse homem despreocupado era, no fundo de seu ruidoso modo de ser, de uma bondade instintiva. Por vezes, sufocado pelo desejo de prazer ou toldado por súbita explosão de cólera, essa bondade ainda irrompia poderosamente sempre, de novo, e proporcionava a muitas pessoas pobres e oprimidas uma satisfação modesta à sombra de sua existência levada à larga.

Num dia calmo de auto-exame, achou que devia fazer algo pela glória de Deus e resolveu encomendar a escritura de uma Torá. Quando a tranqüilidade fugiu do seu coração começou a executar a idéia a seu modo, com muita ostentação e brilho. Convocou um famoso *sofer*, copista da Torá. Depois o ricaço mandou sacrificar os mais seletos animais, distribuiu sua carne entre os pobres, e determinou que o couro fosse transformado em pergaminho e os livros sagrados nele inscritos. O trabalho estendeu-se por um longo período de tempo e quando chegou ao término era o assombro e o assunto da cidade. O dono mandou fazer um suntuoso estojo e uma capa de elegante tecido com ornamentos de metal e pedra. Quando tudo ficou pronto, ofereceu uma festa à cidade. Não excluiu nem os pobres nem os desfavorecidos, porém acolheu a todos no banquete.

Já por três dias que sua casa se enchia a cada hora, de novo, de pessoas que se sentavam às longas mesas a comer e beber. Seus criados, durante todas essas noites, tiveram que lutar contra o sono. Havia um dentre eles, um homem honesto cognominado o salmista, porque os cânticos sagrados nunca estavam ausentes de seus lábios. Ele os associava a todo trabalho que fazia e os recitava não como um livro das Escrituras, mas como o lamento de um homem que sofre e sabe que o ouvido de Deus está em sua boca. O ricaço com freqüência se aproximava silenciosamente e o ouvia, e seu coração cantava com o cantar. Era como se vivesse ali no cântico daquele homem a tranqüilidade que tão raramente o visitava e, como que em obediência a isso, ele o respeitava e nunca o encarregara de trabalho pesado. Durante os dias da festa, o salmista, como os outros criados, precisou servir as mesas incessantemente e atender as visitas; ainda assim o dono da casa o designara para receber os visitantes a quem ele tinha em maior conta, para que os servisse em seus próprios aposentos.

Aí, no entardecer do terceiro dia, aconteceu que os convidados precisaram da água para a bênção, após a lavagem das mãos, antes da refeição. Chamaram o criado, mas não conseguiram encontrá-lo em parte alguma. O próprio hospedeiro, então, saiu por toda a casa a procurá-lo e, após algum tempo, deu com ele em um dos sótãos numa cama, entregue ao sono, vestido com suas roupas. Chamou-o, mas o outro dormia profundamente e não lhe respondeu. Aí a raiva tomou conta do dono da casa; puxou pelos ombros o homem deitado e praguejou: "Que a peste negra o atinja, seu salmista!"

O criado olhou para o homem rico com estranhos olhos no semblante. Depois disse: "Senhor, está pensando mal se crê que não há ninguém para defender os direitos de um pobre salmista". Porém, o dono da casa não prestou atenção às suas palavras e retornou de novo aos seus hóspedes.

Ao se dirigir, um pouco mais tarde, do saguão principal para o corredor da casa a fim de saudar um recém-vindo, justamente, então, um estranho adentrou a porta, vestido como criado. Esse homem lhe falou e disse: "Senhor, meu amo tem um assunto que é muito importante para discutir com o senhor e não pode ser postergado. Mas, como algo o impede de vir procurá-lo, pede-lhe que, se este pequeno inconveniente não o incomodar, aceite subir na carruagem que está parada diante de sua porta. O caminho é curto e os cavalos ligeiros; o senhor perderá muito pouco tempo".

O homem rico admirou-se com o estranho criado e sua singular missão, mas algo paralisava seu pensamento, impedia-lhe as perguntas e forçava-o a seguir em frente. Com leves vestes caseiras montou na carruagem, e o veículo moveu-se depressa. A lua cheia se erguia no firmamento, imensa como jamais vira antes. Passado um tempo, que pareceu ao homem nem muito longo nem muito curto, percebeu que as batidas dos cascos dos cavalos haviam silenciado e a carruagem não mais corria adiante. Não existia mais nenhum caminho, nenhuma direita ou esquerda, nenhuma atmosfera sobre ele e nada do que seu entendimento fosse capaz de dominar. Tudo nele estava dissolvido em um assombro sem expectativa ou medo. Sentiu que havia dado o passo para além e o que era válido antes, não mais valia agora.

Então a carruagem estancou. Ele obedeceu a uma compulsão que era tão inapreensível quanto determinada e apeou-se. Olhando atrás de si percebeu que a carruagem, em cujo estribo seu pé acabara de tocar, havia desaparecido. Encontrava-se em uma imponente floresta cujas árvores se projetavam para cima, esguias e lisas, como colunas de torres. As copas, porém, não conseguia enxergar, porque elas se abobadavam para o alto e havia uma neblina branca leitosa entre os troncos que lhe roubava a visão. Sob seus pés crepitava o gelo. Congelou-o com dores cortantes em todos os membros. Forçou-o a prosseguir. Ele andou e andou e pareceu-lhe como se da bruma leitosa que se estendia em vez do ar, emergisse de repente uma sucessão de rostos, num ondular e movimentar-se de formas, não mais espessos do que esta névoa mesma e inteiramente misturadas a ela. Ele atravessou tudo isso e seu caminhar era sem medida e comparação como fora, antes disso, sua viagem até que se elevou diante dele, na distância, uma luz brilhando através da bruma que o guiou até um determinado ponto. Este resultou ser uma casa envolta pela neblina e a fonte de luz era a porta que estava aberta e deixava emanar aquela clara luminosidade para fora.

Ele se dirigiu para lá e entrou. Tão logo pisou sobre a soleira, a neblina se dissolveu em ar cristalino. Olhou para dentro da peça cujo teto era feito de resistentes caibros de um castanho envelhecido, porém as paredes e o assoalho eram de um branco brilhante e novo. O aposento estava morno e confortavelmente aquecido. Sete altos candelabros ardiam festivamente em um suporte na imensa mesa, emitindo uma forte fragrância. Contra as paredes havia cadeiras com espaldares elevados, velhas cadeiras escuras, porém largas e imponentes quase como tronos. Afora isso o visitante não percebia nada mais além de uma enorme, verde e brilhante lareira que ocupava um canto da sala. Ansioso e como que aprisionado em sonho, aproximou-se; não ousou tocar na mesa ou na cadeira, mas, antes, escondeu-se atrás da lareira para esperar quem quer que pudesse aparecer. Assim ele ficou e o ar cristalino cantava estranhamente em seus ouvidos.

Então três homens entraram na sala, um após outro, em curto intervalo. Eram homens idosos, encurvados e, no entanto, tão altos que suas cabeças pareciam tocar os caibros do teto. Cinza prateado escorria de seus cabelos e barbas, em cujas ondas parecia como que se o tempo se entretecera. Atrás das sombras dos brancos cílios escondiam-se o sol e o fulgor dos olhos. As vestes dos três eram simples – linho e couro. Saudaram um ao outro pelos nomes dos patriarcas com grandes e amáveis cumprimentos, sentaram-se nas cadeiras e ficaram em silêncio como se chegassem de longas viagens. Enquanto tomavam assento, entrou um quarto homem, que não era tão idoso nem tão grande, no entanto, vestia trajes e tinha modos de um soberano. Ele se curvou respeitosamente como um neto se curva diante de um avô, eles o saudaram pelo nome de David, o Rei. Neste momento ele alçou sua voz e as luzes pareciam espargir fagulhas enquanto falava: "Eu tenho uma demanda, Ó Patriarcas, contra o homem que está sentado atrás da lareira!" Estas palavras rasgaram o peito do homem escondido e seu próprio coração palpitante se rebelou contra ele. Mas os patriarcas levantaram suas cabeças para escutá-lo.

"Aquele que se esconde aqui", falou o rei, "lançou, com a maldição de sua boca, um fim terrível sobre um indefeso criado por causa de uma ninharia. Por ser esse criado meu servidor e jamais minha canção morrer em seus lábios, eu vim em sua defesa e exijo aqui seu direito e que aquele que o humilhou seja condenado à morte por seu crime."

Ao homem rico, em seu esconderijo, parecia como se a circulação de seu sangue já tivesse estacado diante das palavras do rei. Ele levantou os olhos para que lhe fosse concedido um último olhar. Então, viu do outro lado da mesa um homem de pé e reconheceu nele aquele que encontrava, por vezes, durante sua vida e a quem as pessoas denominavam o fazedor de milagres e o Mestre do Nome. O homem estava exatamente defronte ao rei, trazia a cabeça erguida e seus olhos flamejavam. Ele apanhou as últimas palavras do rei enquanto ainda cortavam o ar, ergueu sua voz contra ele e falou enquanto os patriarcas, magnânima e confiantemente, cruzaram o olhar em sua direção com silencioso aceno de suas cabeças. "Irmão David, você vem do céu e mesmo assim me parece como se ainda estivesse sentado no seu trono, em Jerusalém! Você quer apagar um mal com um mal maior? Você quer silenciar uma leve mágoa com uma mágoa insuportável? Você quer purificar uma pálida vingança com uma vingança abrasadora?"

"Não brinque comigo, irmão!" respondeu-lhe o rei. "Eu não estou ansioso por vingança mas se trata de justiça! Ou é sua opinião que o criado fiel deva ser pisoteado enquanto seu atormentador persiste orgulhoso e impune?"

Mas a voz do Baal Schem ergueu-se novamente como uma voz de um arcanjo que a eternidade forjara. "Irmão e Rei", ele falou, "um estranho é meu convidado, e o jovem pastor tem face rosada e olhos brilhantes e, não obstante, faixa e coroa pesam sobre sua fronte, que é sem sombra – Rei, uma alma de rei dentro de mim. Ela se juntou à minha própria alma quando fui introduzido na vida, desta última vez pelo corpo de uma mulher. Nas horas das noites, fique sabendo, ela fala encostada na raiz de meu ouvido, e é toda tímida, e confia em mim. E fala das profundezas primevas: Eu estava junto dele quando ele disse ao seu fiel súdito: 'Desça à sua casa', e eu ouvi quando ele lhe disse no outro dia: 'Por que você não desceu à sua casa?' e estava com ele no dia que veio a seguir, quando escreveu a carta: 'Ponha-o diante da mais dura batalha e retire-se para trás dele de modo que ele possa ser abatido e morra!' Nessa hora eu me afastei dele com sangue e sofrimento e estou ferido e aflito dessa hora em diante!"

Aí, David levantou a fronte sob o aro de ouro, fronte e coroa cintilando, e começou a falar enquanto uma profunda torrente fluía sob sua voz: "Eu estive imerso no fundo da mais terrível vingança e escalei para a luz, a barra de meu manto estava negra e pegajosa do sangue derramado e eu levei comigo meu cântico ao elevar-me. Pois, meu cântico nasceu para mim do pecado e da mácula e despertou em mim uma nova alma e ascendeu, e houve paz entre Deus e mim".

Depois de tais palavras do rei aconteceu que o semblante do Baal Schem se transformou. Mistérios e revelações deslizavam sobre ele e contemplá-lo era como contemplar o firmamento quando, gradualmente, desvela sua paisagem e, atrás das nuvens, se abre a luminosa planície. Então o Baal Schem falou e sua voz estava transformada: "Seu cântico é a ponte de diamante que conduz para fora do vale de privação ao coração de Deus. Se em uma noite ele se ergue do peito de um monstro, ele é, ainda assim, um anjo que o carrega acima das esferas e o aninha no regaço de Deus. Quando seu cântico me tomou pela mão eu esqueci a justiça e quando ele sorriu para mim, sumiu de dentro de mim toda oposição".

Então o rei curvou sua cabeça diante do mestre, e do atemporal precipitou-se para o alto um grande movimento como quando um mistério se preenche e submerge.

Um branco raio de luz passou sobre os olhos do homem atrás da lareira. Ele estava em sua casa e segurava a maçaneta da porta de seu aposento. Lá estavam os convidados, lavando suas mãos para a refeição da noite.

O SÁBADO PERTURBADO

Nessa semana, como em qualquer outra, o Baal Schem viajou para fora da cidade no término do *Schabat* e, com ele, estavam os três discípulos que eram chamados os três Davids – a saber, Rabi David de Mikolaiev, Rabi David Firkes e Rabi David Leikes – e o criado Aleksa que dirigia os cavalos. Comumente, o mestre determinava a direção e a velocidade da viagem de acordo com sua vontade e sem nenhum comentário, e o criado Aleksa podia virar-se de costas para os cavalos e, ainda assim, eles trariam a carruagem para o lugar desejado no prazo determinado. Porém, dessa vez, o Baal Schem sentiu que a sua vontade era impotente diante da forte tração dos cavalos, e viu como a carruagem os conduzia para um destino desconhecido e não aceitava nenhum comando do assustado cocheiro. Então, quis voltar e ordenou em voz alta, segurando firmemente as rédeas, ele mesmo; mas, não tinha nenhum poder sobre os cavalos. Contrariando o comando de sua mão corriam num trote rápido para onde uma força invisível os estava dirigindo. Assim chegaram a um ermo para dentro do qual puxaram a carruagem até não haver em volta nem caminho nem horizonte, e eles ficaram vagando no ermo com passadas regulares e refreadoras.

Isto perdurou por três dias e o Baal Schem o suportou como um destino contra o qual nenhuma alma humana poderia atrever-se a resmungar; mas os discípulos sentavam-se ali atordoados e infelizes e Aleksa, o criado, comportava-se qual um louco, como se nunca antes houvesse experimentado com seu mestre nada fora do comum. Após o terceiro dia, entretanto, uma nova urgência se apossou dos cavalos; galo-param para fora do ermo em direção a uma floresta contígua e arrastaram a carruagem para o interior da espessa mata. Ali estancaram e relincharam a gosto como se houvessem retornado ao seu estábulo e tivessem diante deles a melhor forragem.

Os outros, porém, que estavam na carruagem, não conseguiam mais distinguir entre o dia e a noite. Alimentavam-se parcamente das poucas provisões que tinham trazido consigo e o sono não lhes vinha, tão poderosamente a ansiedade apertava seus corações. Passavam-se horas e mais horas. Mas chegou uma, na qual o Baal Schem reconheceu pela sétupla tristeza que penetrava seu espírito, que a véspera do *Schabat* havia irrompido e não sabia como ele e seus discípulos estariam prontos a recebê-lo e honrá-lo. Em profunda infelicidade sentiu uma desesperada fadiga infiltrar-se em seus membros e ele por fim caiu em sono entorpecido.

Aí uma esperança sobreveio às almas dos discípulos, pois eles sabiam que aquilo que parecia escuro e confuso quando o mestre estava acordado tornava-se claro quando ficava deitado com os sentidos externos cerrados. No entanto, o Baal Schem acordou em inquieta disposição e a rigidez que jazia sobre ele crescera chegando quase à paralisia. Mas, então, ergueu-se, levantou o braço e apontou com o dedo trêmulo para longe. Um raio de luz se lhes mostrou atrás das espessas urzes. Deixaram pois a carruagem e se dirigiram com grande dificuldade em direção à luz crescente. Logo o sol estava sobre suas cabeças e eles recitaram: "Bendito seja o Senhor e bendito seja o Seu nome!" Na distância avistaram uma pequena casa que se erguia como uma mancha opaca, cinzenta no meio da clareira da floresta.

Eles foram até a casa. Diante da porta estava um homem gigantesco, de pescoço taurino, vestido ao modo daquelas pessoas frívolas que os bons costumes dos pais desdenham, com cabelos hirsutos de um vermelho-dourado e desajeitados pés descalços. Além disso, não se viam sobre sua roupa as franjas prescritas. Ele apertava os punhos nos lados, fitava desdenhosamente os homens que se aproximavam e permanecia calado. Eles se curvaram diante dele e perguntaram: "Seria possível celebrarmos o santificado *Schabat* em sua casa?"

Então o homem berrou para eles: "Eu não quero vocês aqui e não tolerarei que cruzem minha soleira! Acaso eu não os conheço? Suas caras dizem quem vocês são. Vocês são *hassidim* que carregam sua devoção para a praça do mercado e pregam nas ruas. Saiam, minha nuca não se dobra às suas palavras vãs. Eu os odeio, eu odeio todos vocês desde ontem, anteontem e desde sempre. Meu pai os odiava e meu avô antes dele; vocês são odiosos à toda minha casa. Por isso, saiam depressa daqui, pois eu não quero mais ver suas caras".

Eles, porém, suportaram em silêncio as palavras dele e apenas perguntaram: "Então nos diga se há nas proximidades outras moradias para onde possamos ir, a fim de celebrarmos o sagrado *Schabat*".

O homem riu ameaçadoramente e esbravejou: "Tanto tempo quanto vocês precisaram para chegarem até aqui, tanto tempo e mais, será necessário até que cheguem a outro lugar habitado!"

Depois que lhes disse isso e do mesmo modo riu, mais e mais, como se nunca pudesse parar, a recém adquirida coragem ameaçou abandoná-los de novo. Mas Rabi David Firkes, o mais jovem dos Davids, que em geral nunca dizia uma palavra, porém costumava permanecer calado e absorto na companhia dos discípulos, deu um passo à frente e falou ao homem de maneira suave e pacífica: "Pode ser que isto e aquilo fale contra nós em seu juízo. Mas será mesmo verdade que você quer nos pôr fora, neste ermo? Veja, o *Schabat* é seu e nosso santuário, e quando nele entramos devemos, em algum lugar e em algum momento, encontrar também você com seus passos. É seu desejo arruinar o *Schabat* do futuro? Veja, o Senhor é seu e nosso Deus e, se você dominar sua raiva perceberá como ele, nesse instante, o contempla".

Então o homem aquietou-se e olhou de um para o outro sem falar. Mas Rabi David de Mikolaiev, o mais velho dos Davids, que se considerava bem versado nos impulsos do coração humano e nos caminhos ocultos dos motivos humanos, disse: "Considere, também, que nós não lhe estamos pedindo nenhum presente. Antes, nós queremos lhe pagar tanto quanto pedir, mesmo que seja dez vezes mais do que é costume na maioria dos lugares".

O homem desviou dele seu olhar de modo desdenhoso, virou-se para o mais jovem e disse em tom brusco: "Assim seja. Mas não pense que vocês vão trazer o seu *Schabat* para dentro de minha casa. Aqui reina somente meu costume e minha lei. Por isso, prestem atenção ao que eu lhes ordeno. Em primeiro lugar, eu sei que vocês perdem muito tempo se preparando para a reza, que vocês não prestam atenção quão tarde do dia é, mas esperam até que a graça os arrebate. Aqui, porém, esta vigília e contemplação não tem vez. Eu rezo o que se deve rezar e depois começo a comer, pois necessito de muita comida e preciso satisfazer minha fome com freqüência e depressa. Em segundo lugar, eu conheço a maneira de vocês rezarem, sei como gritam e deliram, e como cada um deseja falar com Deus mais alto do que o outro. Aqui, no entanto, não há lugar para o alarido de seus êxtases e eu não permitirei ser incomodado por vocês. Em terceiro lugar, vocês adoram criticar a refeição e, como rematados tolos, ponderar por longo tempo se isto ou aquilo é bastante puro para vocês, *hassidim*. Isto também, aqui, não será permitido".

Tal incompreensão e deturpação dos sagrados costumes e a proibição de praticá-los eram penosas para o Baal Schem e seus seguidores; mas não havia outra via aberta para eles a não ser esta, e assim prometeram obediência em todos os aspectos. Então ele os fez entrar. Viram-se dentro de um estreito e despojado aposento. Depois de se esticarem no chão por um momento e terem se recobrado do pior da fadiga, o Baal Schem perguntou se, por acaso, havia um riacho ou um reservatório de água na vizinhança onde pudessem tomar um banho de imersão para honrar o *Schabat*. Diante disso o homem teve de novo um ataque de ira e gritou: "Eu bem que pensei que vocês são um miserável bando de ladrões! Vocês só querem ficar de olho para saber onde guardo meus bens. Eu vou pegar suas bugigangas e vou jogá-las fora junto com vocês!" Aí eles tiveram que suplicar longamente e implorar por uma reconciliação até que, outra vez, ele se mostrou inclinado a deixá-los ficar.

Agora o Baal Schem e seus acompanhantes ficaram ali sentados, a observar o homem, que andava de um lado para outro do quarto e espantaram-se com ele; pois nunca, antes, haviam visto uma pessoa tão grosseira, rude e imunda como esta. No aposento também as paredes e o assoalho estavam manchados, e não havia ali nem mesa nem banco, porém quatro estacas haviam sido enfiadas no assoalho e, apoiado nelas, uma prancha grosseira. Logo perceberam que esta era a única peça habitável; na verdade, havia outros cômodos na casa, mas estavam todos trancados e as portas estavam cinzentas de poeira como se nunca tivessem sido abertas. E, mais ainda, não se via nenhuma companhia viva na casa, nem mesmo um gato ou um pássaro.

O anoitecer se aproximava e eles não tinham ainda vislumbrado nenhum utensílio, nem comida para celebrar o *Schabat*. O gigante vagueava por ali ociosamente, por vezes cortava para si mesmo uma fatia de uma enorme melancia que estava num canto e a enfiava em sua boca e, de novo, cantarolava ao modo dos camponeses. Os companheiros foram tomados do temor de que ele não poderia observar de forma alguma o *Schabat* e que iria negar-lhe a consagração que todos os judeus do mundo prestam com zelo. Aí, porém, ele pegou um pedaço de pano de algodão cru e grosseiro e estendeu em sua miserável mesa. Sobre ela pôs um montinho de argila, fez ali um furo com o seu dedo, e colocou nele uma mísera vela de cera. Então começou a recitar as encantadoras palavras com as quais, desde tempos remotos, semana após semana, em todos os países da terra, o *Schabat* tem sido recebido como a noiva de nossas almas. Mas ele as pronunciava como fazem os tolos que engolem os sons e asfixiam o sentido das palavras. Passado um instante já havia terminado a prece, e os visitantes tiveram de fazer o mesmo, obrigados por sua promessa. Por mais que o seu modo de ser os afligisse, ainda assim, na santidade do entardecer, não conseguiam alimentar nenhum rancor contra ele e lhe desejaram um "Bom *Schabat!*"

Ele, porém, esbravejou como resposta: "Que um mau ano recaia sobre vocês!"

Quando quiseram principiar o cântico: "A paz seja convosco!" lançou-se sobre eles e os obrigou a se calarem. Então preparou-se para proferir a bênção sobre o vinho. Suplicaram-lhe que lhes desse um pouco de vinho a fim de que pudessem proferir a bênção, mas ele recusou e gritou: "Se vocês todos fossem dizer a bênção, a luz logo se acabaria. Deixe que eu sozinho o faça por vocês". E assim pegou o copo entre dois dedos e murmurou as palavras para si mesmo. Então, abriu bem a boca e verteu o vinho lá dentro, de modo que só algumas gotas permaneceram no fundo do copo. Estendeu-o para eles e disse: "Peguem, seus beberrões, mas não tomem demais para que vocês também não fiquem bêbados".

Depois ele pôs sobre a mesa um pão duro e bolorento, feito de farinha escura e centeio, e partiu um pedaço para todos. Quando um dos discípulos quis alcançar o filão para cortar um segundo pedaço, o hospedeiro empurrou-o de volta e disse aos seus convidados: "Não se atrevam a tocar no meu pão com suas mãos nojentas". Em seguida colocou diante deles uma terrina com caldo ralo de lentilha, pôs na frente de cada um uma enorme colher, e ordenou-lhes que comessem dali, pois lá não havia pratos de sopa ou quaisquer destes refinamentos. Dizendo-o, inclinou-se sobre a terrina, encheu uma concha de caldo, e engoliu com avidez tão apressada que a sopa caía dos cantos de sua boca de volta para dentro da terrina e os visitantes não conseguiam mais esticar as mãos até a comida. Após a refeição quiseram entoar canções sabáticas, mas isso, também, ele os proibiu de fazer. Puxou com rapidez a toalha de mesa, descuidando de todos os costumes tradicionais e levantou-se a fim de preparar para seus convidados uma sórdida cama, no assoalho.

Bem cedo, pela manhã, eles acordaram e ouviram seu hospedeiro andando pela casa a cantarolar, como se fosse uma dança camponesa, a canção matinal que começa com as palavras: "As almas de todos os viventes". Com isto começava seu dia, e este era ainda mais doloroso do que fora a véspera. O Baal Schem havia perdido todo o poder de visão interior, a sagrada sabedoria o abandonara e, por isso, deixou-se ficar ali sentado, apertou as mãos, uma na outra, e não conseguiu pensar em outra coisa a não ser: "O que é isto e por que é que Deus me fez isto aqui?" Por fim a noite irrompeu e o sono desceu suave e gentilmente sobre ele. Quando acordou na manhã seguinte, sentiu uma nova força brotando dentro de si e rezou com todo o vigor, pois nunca viajava de volta de um lugar sem ter falado com Deus. Então, ordenou ao criado Aleksa que tirasse os cavalos, que haviam sido conduzidos ao estábulo, e que os atrelasse à carruagem. Logo, porém, o criado voltou e relatou que a porta da casa estava trancada. O mestre, então, dirigiu-se ao hospedeiro e pediu-lhe que abrisse a porta, e acrescentou: "Aceite nossos agradecimentos por toda a amizade que nos demonstrou e nos indique agora o caminho pelo qual poderemos retornar o mais depressa possível à nossa casa".

"De modo algum", este último respondeu. "Pelo contrário, vocês ainda permanecerão como meus convidados". Ele não se deixou persuadir e segurou-os em sua casa até o quarto dia, como prisioneiros virtuais.

Na manhã do quarto dia veio até eles e falou: "Hoje eu abrirei a porta para vocês". Enquanto assim dizia, olhou-os de maneira estranha e saiu. Então o pavor se abateu sobre os discípulos, pois eles não entenderam sua conduta, e em suas mentes insinuou-se um pensamento de que, talvez, ele estivesse querendo assassiná-los.

Enquanto davam curso a tal temor, porém, a porta de um dos quartos trancados se abriu e uma bela mulher, elegantemente vestida, adiantou-se e curvou-se diante do mestre. "Rabi", disse ela, "eu vos pergunto se o senhor e seus discípulos podem celebrar o santificado *Schabat* comigo".

"Você me chama de Rabi", o Baal Schem replicou; "como pôde, então, permitir que o meu *Schabat* fosse perturbado desta maneira?"

Daí a mulher perguntou: "Rabi, o senhor não está me reconhecendo?"

"Não, eu não a reconheço", respondeu ele. "Quando eu ainda era uma criança", ela relatou, "trabalhei em sua casa. Eu era uma órfã e não tinha ninguém no mundo. Minhas mãos, no entanto, estavam amaldiçoadas por tamanha falta de jeito, que muita louça fina que carregava deixava ir ao chão e ela se espatifava. Por isso, sua mulher me repreendia com freqüência. Numa ocasião a mesa do *Schabat* estava posta e sua mulher queria levar a terrina. Eu, porém, quis mostrar que havia me tornado mais jeitosa e pedi que a terrina sabática fosse colocada em minhas mãos. Nem bem a segurei, entretanto, quando um tremor sobreveio em meus dedos, e eu deixei cair a terrina. Sua mulher zangou-se comigo e me deu um leve tapa no rosto. Mas o senhor, que estava sentado próximo, viu isso e deixou acontecer, sem dizer uma palavra.

"Então um julgamento foi pronunciado a seu respeito no céu: por causa de seu silêncio, o senhor deveria perder seu quinhão no mundo vindouro. Mas, depois me foi concedida a graça de casar com este homem, que é um *tzadik* oculto que esconde sua santidade por detrás de sua conduta. Foi ele quem me revelou o que lhe havia sido imposto. Aí começamos a rogar a Deus para que o julgamento fosse modificado, nossa prece foi ouvida, e a sentença tornou-se mais branda e cada vez mais branda, até que foi declarado que um de seus sábados deveria ser perturbado, pois o *Schabat* é, de fato, a fonte do mundo vindouro. E nós fomos incumbidos a infligir-lhe tal transtorno. Mas somente se o realizássemos no todo e em cada detalhe, assim nos foi dito, a nossa ação removeria o fatídico julgamento. Foi o que fizemos, com os corações doloridos. E agora seu quinhão se encontra no topo do paraíso mais elevado."

Nesse momento a sabedoria retornou ao mestre, sua visão interior foi reavivada, ele olhou para as profundezas do destino e viu o santo e misterioso homem em toda sua verdade, de pé, diante dele. Então, todos em conjunto, entraram nos aposentos ornamentados, permaneceram juntos neste dia e no dia seguinte, e celebraram o *Schabat* em grande júbilo.

A CONVERSÃO

Dentre os mais zelosos que se opunham ao Baal Schem estava o Rabi Iakov Iosef de Scharigrod. Em ninguém mais, talvez, a vontade de luta jorrava de fonte tão profunda. Pois, as coisas heréticas que o enfureciam permaneciam como pressentimento e semente em sua própria alma, bem no fundo sob o reino das palavras, na verdade, debaixo daquele recinto onde o pensamento nasce. Havia, porém, três práticas da nova seita que, acima de todas, despertavam a animosidade do rabi: a alegria de suas festas, que punham abaixo a barreira em volta da lei sagrada e efervesciam em dança e cântico; a irregularidade de seu serviço, pois a comunidade apenas frouxamente envolvia os homens em prece e, de fato, cada um falava com Deus, por si mesmo e à sua maneira, freqüentemente, também, com gestos desenfreados; porém, mais do que isso tudo, o terno sermão, a vibrar de mistério, que o mestre pregava depois do terceiro repasto sabático. O rabi ouvira muitas vezes falar desse sermão. Não era construído, como é ordenado pelo costume, com base na interpretação da Escritura – um fundamento sobre o qual se acumulam engenhosamente interpretações das interpretações. Falava sobre coisas da alma, como se fosse obrigação falar delas. Muitas vezes eram historietas bem banais, como aquelas que as pessoas do vulgo contam umas para as outras nas tavernas; eram ditas, porém, de forma pausada e solene como as palavras do mistério da *Keduschá*, e as criaturas escutavam como se elas continuassem a revelação no Sinai. Sempre que contavam isso ao rabi ele ficava, de novo, dominado pela raiva como da primeira vez. Historietas no *Schabat*! Que sentido podem ter as historietas? E ainda mais enfurecido que antes, ele mandou calar-se aquela voz, que estava desperta, bem fundo nele, e que alegava conhecer esse significado. Exortou sua alma a seguir o verdadeiro caminho da perfeição afastando-se do viver comum, mediante a estrita disciplina e a mortificação.

Certa vez o Baal Schem aprontou-se ao entardecer e rumou para Scharigrod. Ele estava sem acompanhantes e conversava com a noite estival como se fala com um amigo. Conforme a noite se dissipava e o dia ainda indeciso surgia, a carruagem chegou a uma pequena cidade. Ali pousavam as casas no lusco-fusco com as venezianas cerradas, como tristes criaturas a cochilar com pesadas pálpebras. O Baal Schem foi tomado de compaixão por todos aqueles que, por trás daquelas janelas, persistiam no seu entorpecido sono matinal. Ele se pôs a andar para cima e para baixo com passadas firmes na crescente luz do dia até que, depois de um tempo, um homem apareceu no caminho conduzindo à sua frente alguns animais que apascentava durante o dia, no prado, diante da cidade. O mestre começou a falar com ele e, porque o homem a princípio lhe respondia de forma breve e tímida, o rabi, gradualmente, começou a narrar-lhe uma história.

Enquanto o Baal Schem assim falava, um segundo homem apareceu, logo depois um terceiro, depois mais e mais, a maioria criados e gente pobre que começava cedo o seu dia. Todos eles permaneciam de pé, ouvindo avidamente e chamavam ainda outros para vir das casas. Conforme as horas se adiantavam, as criadas vinham com seus jarros de água a caminho da fonte e paravam, as crianças saíam correndo de seus quartos, e os próprios chefes de família deixavam seus negócios e seus afazeres para ouvir o estranho homem. Sua narração, porém, era tão deliciosamente entrelaçada que quem quer que surgisse, parecia a esta pessoa que a ouvia do começo, e todo aquele que antes não sentira curiosidade estava agora inteiramente concentrado no que iria acontecer depois e aguardava isso como se fosse o preenchimento de suas mais preciosas esperanças. Assim todos eles tinham uma grande história em comum e, dentro dela, cada qual tinha a sua própria história, pequena e muito especial, e as pequenas histórias se entrecruzavam e prendiam-se umas às outras, mas, num breve instante, de novo se desprendiam ordenadas e corriam paralelas umas às outras, muito claras e precisas. Se uma chegava ao fim, então ela deixava atrás uma nova promessa que logo preparava para levar adiante uma companheira.

Um pouco mais tarde a cidadezinha inteira estava na praça do mercado, todos atentos e, cada um se esquecera o que, se não fora isso, lhe cumpriria fazer nessa hora. Os artífices seguravam suas ferramentas nas mãos e as donas de casa suas conchas. Bem defronte, entretanto, com um molho de chaves na mão, estava parado o bedel da sinagoga, que para lá se dirigia a fim de abri-la. A história o havia dominado de tal forma que ele foi se enfiando por entre a multidão até ficar diante do mestre e, agora lá permanecia de pé e escutava com o ouvido, o coração e todo o seu corpo, lembrando-se tão pouco de suas obrigações como de um sonho esquecido.

Mas a narrativa do Baal Schem não era como as narrativas de vocês, filhos do nosso tempo, que são torcidas como um pequeno destino humano ou circulares como um pequeno pensamento humano. Antes, o mágico colorido do mar estava nelas, a alva magia das estrelas e, o que é o mais inefável de tudo, o terno milagre do ar infinito. E, no entanto, não era nenhuma lenda da distância que a história contava; porém, sob o toque de suas palavras, a melodia secreta de cada pessoa despertava, a melodia tida como morta, soterrada, e cada um recebia a mensagem de sua vida perdida, que ainda estava lá e ansiava por ele. Ela falava a cada um, a ele somente, a ninguém mais; todos eram eles, ele era a história.

Então o mestre alçou o olhar e olhou sorrindo o longe, e viu, através das casas e muros, como o rabi estava postado diante da porta da casa de orações, tendo chegado nessa hora para sua prece. A casa estava trancada e o bedel ausente, e todos estavam ausentes, aqueles que a essa hora se reuniam, dia após dia, e o esperavam. O Baal Schem olhou para dentro do espírito do rabi; viu como a raiva e a amargura cresciam nele e como ele dominava sua irritação e se esforçava para ser paciente. Então o mestre decidiu libertar o bedel da história. Isso sobreveio instantaneamente ao homem como um despertar, e sem se deter para refletir, tão depressa quanto pôde, correu para a casa de orações.

Quando alcançou a porta, encontrou o rabi com a testa franzida e os olhos mergulhados no chão. Ele reprimiu suas palavras de desagrado e apenas ordenou, com um movimento brusco, que a abrisse rapidamente. Mas, o bedel ainda embebido e envolvido na história, nem estava consciente de sua própria negligência nem do desagrado de seu amo. Em vez disso, começou a relatar sobre o estranho homem que, parado na praça, narrava histórias, com todo o povo agrupado à sua volta. Descreveu a figura e a aparência do estranho e, então, o rabi soube quem viera e quem, com ele, lutava pelas almas, e um brilho irado apareceu em seus olhos. Sem uma palavra empurrou o bedel para o lado, entrou na casa e começou a rezar.

    Passado algum tempo aconteceu que um homem, dentre os devotos do Baal Schem, e um de sua cidade, contratou o casamento de sua filha com um dos discípulos favoritos do rabi de Scharigrod. O enlace deveria se realizar na cidade do Baal Schem.

    Rabi Iakov Iosef ficou profundamente aborrecido com esse noivado. Quando soube, a notícia foi para ele como se seu filho tivesse caído em más companhias. Logo, verificou-se, quando o discípulo em pessoa se lhe apresentou e lhe contou tudo, que o amor era mais forte que a raiva, e ele viu-se obrigado a dar a sua bênção. Porém, recusou o pedido do discípulo para ir a Mesbitz e participar da grande festa, explicando que não poderia nem agora nem nunca pisar na casa do herege. Ainda assim, o jovem não lhe deu trégua, dia após dia, com insistente súplica até que, certa vez, escaparam-lhe as palavras: "Como posso ir com você? O primeiro passo que você e seus amigos darão em Mesbitz os levará ao encontro daquele homem ímpio que está pervertendo o povo de Israel!" Então, prometeu-lhe o rapaz, a fim de ganhar uma resposta favorável de seu mestre que não olharia no rosto do Baal Schem e, diante dessa condição, o rabi consentiu em viajar com ele.

    Quando estavam a caminho, entretanto, e pararam numa estalagem não distante de seu destino, o rabi percebeu que o discípulo segredava com seus amigos, e imaginou que deveriam estar falando em como conseguir entrar na casa do Baal Schem sem o seu conhecimento. Então, foi até eles e disse ao noivo: "Eu errei ao impor a você uma condição que você não pode cumprir. Como eu não quero partir sozinho de volta para casa, ficarei aqui até que vocês retornem do casamento e, então, viajaremos juntos para minha cidade". O discípulo tentou, balbuciando, demovê-lo com novas súplicas e promessas, mas o rabi não lhe deu ouvidos e, em vez disso, voltou-se para o hospedeiro e pediu-lhe que o encaminhasse a um quarto onde pudesse continuar seus estudos, sem ser incomodado.

    Um pouco mais tarde sentou-se em um quarto, imerso em silêncio, tendo livros abertos dispostos à sua frente. Porém, quando se debruçou sobre um deles e quis começar a ler, viu que as letras em vez de ali permanecerem obedientes em sua bela estrutura – cada uma esperando alegremente que ele as procurasse, orgulhosamente satisfeitas quando ele as lia – elas se agitavam numa dança maluca e atiravam seus membros para o ar. E até uma coisinha gorda e redonda ficou dando cambalhotas continuamente sem se cansar. O rabi fechou os olhos, abriu-os de novo e, vendo que aquela desordem não queria cessar, bateu com violência a mão no livro. Então, num instante, todas ficaram quietas e bem comportadas, cada qual em seu lugar como se jamais tivessem se mexido de lá, e um par de letras, acima colocado, já apresentava mesmo a atitude de alegre expectativa. Quando o rabi, porém, quis começar a ler, chegou-lhe ao ouvido, vindo do livro, uma confusa mistura de uma centena de tênues vozes. Eram as palavras que lutavam umas com as outras. Não era algo como dois campos de combatentes; antes, cada palavra se opunha a todas as outras, e cada uma assegurava estar cercada por mentirosas e hipócritas, cujo objetivo era simplesmente o de roubá-la de seu sentido inato, levadas por inveja maliciosa, pois elas próprias não tinham nem significado nem alma. E quando o rabi também apaziguou essa guerra, as sentenças ergueram-se e declararam que elas não mais desejavam servir a um objetivo desconhecido que pairava sobre todas elas, mas pretendiam, ao invés, viver de e para si mesmas.

O rabi olhou para o livro e sorriu. Então fechou-o e sorriu outra vez. Pois possuía um livro em seu íntimo, grande e riquíssimo, que ninguém poderia desarranjar. Porém, quando tentou invocar o primeiro pensamento, seu sorriso se rompeu. Pois nenhum pensamento lhe surgiu; apenas um pesado esquecimento pairava como sobre uma tumba abandonada. Aí o rabi se aterrorizou, e esse temor o dominou como se estivesse em grande perigo de morte. Agora, entendeu que lhe era ordenado ir a Mesbitz e, logo depois, seus pensamentos reviveram em seu íntimo, de maneira tão repentina, que ficou quase, pela segunda vez, apavorado.

Não lhe veio à mente alugar uma carruagem; ele saiu da estalagem e pôs-se a andar. Quando chegou a Mesbitz, foi sendo levado para mais longe sem que consultasse seus olhos ou sua vontade, até que se encontrou defronte de uma grande casa afastada, de onde a luz de muitas velas e a fala de muitas vozes vieram em sua direção. Ele entendeu que essa era a casa do Baal Schem. De súbito tudo ficou quieto. Pareceu ao rabi como se a luz triplicasse de brilho e, do interior do silêncio, uma voz começou a falar e ela soou tão maravilhosa que teve que se aproximar e atentar. E ele ouviu o que a voz dizia:

"Eu quero lhes contar uma história.

"Havia uma vez um rabi, um homem sábio e severo. Ele estava sentado em seu quarto na noite do nono dia de Ab e afligia-se pelo Templo e por Jerusalém. E, nesse ano, sua aflição foi diferente do que em todos os anos anteriores, nessa noite. Pois, em outros anos, sentia como se estivesse em meio à destruição da cidade e contemplasse com seus próprios olhos o incêndio e a devastação. Porém, nessa noite era como se fosse um pilar na casa do Senhor, e sentiu sobre si a mão do caldeu que a destruía e, de novo, era como se fosse o bronze de um pilar quebrado que estava sendo carregado para Babilônia. E o lamento saiu de sua boca não como saindo de alguém que viu e se consternou, mas como o gemido do pilar rompido. E, não como alguém que vem e vai, porém, como uma coisa que havia vivido em glória e agora estava destroçada e arrastada para sua desgraça final, ele clamou à Jerusalém: 'Erga-se, clame na noite no começo da vigília, despeje seu coração diante do Senhor como água!' E sentiu que ele era Jerusalém, a cidade; o incêndio e a destruição perpassavam-no, e a devastação milenar sobreveio a seus membros. Um grito irrompeu de seu íntimo; sacudiu-o como a um moribundo e o arremessou sobre sua cama.

"Enquanto estava assim deitado era débil a vida de seu corpo como a de alguém que jaz à morte. As horas da noite passavam rápidas e estendiam-se sobre o homem prostrado, desprovido de toda sensação, como se o tempo houvesse se transformado em areia e escorresse sobre ele para enterrá-lo. Cerca de meia-noite, entretanto, sentiu um movimento no ar, e um hálito roçou sua fronte, um sopro vivo. Ele abriu os olhos e deu com o vulto de um menino inclinado sobre ele e reconheceu o rosto de um de seus discípulos, cujos traços delicados estavam agora distorcidos pelo medo. O menino tocou-lhe a mão e falou com voz trêmula: 'Rabi, o senhor está deitado como alguém cuja alma esvoaça pronta para abandoná-lo. O senhor deve comer um pouquinho a fim de fortalecer sua vida'.

"O rabi virou a cabeça e sussurrou e seus dentes se entrechocaram, 'Criança, o que você está dizendo? Hoje ainda é o nono dia de Ab, um dia de luto e de jejum!'

"Porém, o menino apertou mais forte a mão dele entre suas duas mãos quentes e implorou: 'Rabi, lembre-se de que é proibido colocar-se voluntariamente nas mãos da morte!' Ele saiu e voltou. Trazia agora uma grande tigela de esplêndidas frutas que segurava nos braços. Ajoelhou-se diante do rabi, olhou-o súplice e súplice curvou a cabeça.

"E o rabi, reavivado pelo alegre olhar e os agradáveis aromas, sentou-se aprumado e disse a bênção sobre a fruta da árvore, como se deve fazer quando alguém se prepara para comer. Mas, conforme a última palavra escapou-lhe dos lábios, foi tomado de repentino horror por seu ato. Ergueu a mão contra seu discípulo e repreendeu-o gritando: 'Vai embora daqui, espírito da tentação, que empresta uma forma familiar a fim de me enganar!' O menino safou-se dali.

"O rabi, porém, caiu em profunda aflição. Diante dele apareceram os anos de sua vida com todo o seu sacrifício e renúncia, com o grande controle sobre si mesmo que crescia e aumentava a cada ano. E depois apareceu diante dele um pequeno desejo, como um anão doente de olhos baços, entrado em anos e ele os removia com seus dedos de modo que nada deles sobrasse.

"Cada vez mais profunda se tornou a aflição do rabi até que a tristeza do dia e o sofrimento sobre Jerusalém submergiram nessa aflição. A aflição os engoliu e estendeu-se sobre a alma com açoite e tição. Agora nada mais restava no rabi daquela hora em que tinha sido um pilar na casa do Senhor e quando fora a cidade sob a mão do desastre, mas era, sim, este homem aqui deitado numa cama, no meio da noite, este homem que havia acumulado e acumulado, com mão austera e incansável, e de quem, agora, um doentio anão roubava tudo, com um puxão súbito de um dedo descarnado na escuridão. Acima e em volta dele sentia a noite, estancada e imutável.

"A noite, no entanto, não estancou, mas foi escorrendo sobre ele. Antes de ela desaparecer, deitou a mão sobre os olhos dele e concedeu-lhe o sono. De algum lugar, porém, uma semente caiu nesse sono, e o sonho germinou e cresceu.

"O sonho conduziu o rabi sob o céu aberto do meio-dia, o qual olhava para baixo contemplando-o através das copas de árvores de um grande pomar. Ele caminhou por entre as estreitas trilhas sinuosas do pomar, orladas por relva alta e galhos pesadamente arqueados, carregados de frutos. Assim, chegou ao fim do jardim e olhou para fora, por sobre o muro baixo, e o que viu foram as estreitas ruelas da cidade onde residia. Mas estava bem ciente, em seu sonho, de que lá, onde morava, não havia nenhum jardim desse tipo. Temerosamente desconfiado, deu meia volta e procurou por alguém que pudesse lhe dar informação. Ao se aproximar do centro do jardim, onde todas as sendas cruzando-se confluem, avistou um homem em vestes de jardineiro. Estava com o corpo profundamente curvado para a terra, mas, agora, ergueu a fronte

em sua direção e o mirou com olhos cintilantes. 'De quem é esse jardim?' o rabi lhe perguntou.
"O homem replicou, 'Ele pertence ao rabi dessa cidade'.
"'Eu sou o rabi dessa cidade', respondeu o rabi perplexo. 'Eu sou pobre e não tenho nenhuma propriedade. Como pode esse jardim vir a ser meu?'
"Então o homem tornou a falar e faíscas dispararam de seus olhos e trovões rolaram em sua voz. 'Da dor do desejo, da culpa e da vergonha, de uma bênção vã, foi criado o inferno desse jardim para você'. Ele bateu com o pé, então a terra se abriu até seu ígneo núcleo e o rabi viu as raízes entrelaçadas das árvores imergirem nas profundezas primevas e ali, unidas umas às outras, se alimentarem nas chamas.
"Ele acordou. Mas, o terror do sonho o afligiu até o anoitecer quando o dia do luto acabou. Daí o rabi levantou-se, desprendeu-se do abraço do sonho, e trancou a porta. Pegou o Livro dos Salmos em suas mãos, e de pé recitou os Salmos com a voz possante. Quando terminou o primeiro livro, ouviu-se da distância, na noite lá fora, um lamento que dizia: 'Chega, os frutos já caíram!' Mas o rabi ergueu a cabeça e a voz, recitando o segundo livro. Quando acabou, o lamento tornou a elevar-se, e ele soava mais próximo e mais nítido: 'Chega, as folhas já murcharam!' Ainda assim o rabi renovou sua força e rezou o terceiro livro. Agora a voz estava bem perto, as janelas vibravam com sua respiração, e ela bradou: 'Chega, os ramos já secaram!' O rabi mobilizou toda a força de sua alma e leu o quarto livro. Então o assoalho de sua casa tremeu, e a voz ressoou como se viesse de dentro da terra embaixo de seus pés: 'Chega, os ramos já se consumiram!' O rabi sentia como se a exaustão se infiltrasse nele, mas arrancou de si a mais recôndita força e o último livro surgiu de sua boca e ascendeu muito alto como a fumaça de um sacrifício. Quando se calou, a porta trancada do aposento, de um só golpe, escancarou-se, e nela estava um negro mensageiro, arquejando como depois de uma corrida furiosa, gritando: 'Chega, chega, você nos venceu, os troncos já racharam'. A figura desapareceu ao som de sua última palavra.
"Assim aconteceu naquele tempo. Dias, meses e anos se passaram desde então. Mas as raízes do jardim permaneceram na terra, e durante muitas noites o rabi refletiu em vão como poderia arrancá-las."
Assim a voz lá dentro narrava, no salão iluminado. Rabi Iakov Iosef permaneceu na sombra, sua fronte apertada contra a parede, e as

palavras caíram em seu coração. Quando a voz lá dentro calou-se, ele irrompeu através da porta no salão e caiu aos pés do Baal Schem clamando: "Mestre, ensina-me o que devo fazer para arrancar as raízes!"

"Saiba que este jardim não foi criado para você, por causa daquele desejo", falou o Baal Schem, "porém, devido à dor do desejo, porque você se julgou maculado em si próprio, sofreu e espalhou como cinza o desgosto sobre a cabeça. Com isso você deu à ligeira imagem de seu desejo uma firme existência e enterrou suas raízes no reino do corpóreo, do qual antes era somente uma sombra. Mas, quando eu lhe contei isso, o corpo de seu desejo tornou-se uma palavra e um sopro pairante mais leve do que havia sido a mais leve imagem de seu desejo. E porque eu, uma alegre criatura, contou sua história às alegres criaturas, a alegria penetrou até lá e arrancou as raízes."

Rabi Iakov Iosef depois disso tornou-se o grande discípulo que preservou em escritura o ensinamento do mestre e o transmitiu às gerações.

O RETORNO

No aniversário da morte do Rabi de Ropschitz muitos *tzadikim* se reuniram nessa cidade. Estavam lá sentados em silenciosa tristeza, quando a porta se escancarou e uma mulher com olhos faiscantes irrompeu, atirou-se no chão, e gritou: "Sejam misericordiosos comigo, mestres, e ouçam que cruel desdita se abateu sobre mim! Há poucas semanas entreguei a um judeu oitocentos florins de prata a fim de que ele viajasse pelas aldeias para comprar linho. Seria um lucro certo e nós o dividiríamos meio a meio. Vários dias se passaram depois disso sem que eu tivesse notícias dele, e meu coração ficou inquieto. Justamente hoje cedo, pela manhã, veio à minha casa um homem que vive naquela região e fiquei sabendo, por ele, que meu sócio morreu de repente e nem o dinheiro nem as notas de compra foram nele encontrados. Agora eu lhes pergunto e quero saber: onde ficou o meu dinheiro? Rabis, digam-me, dêem-me um justo conselho! Vocês estão aí reunidos como os arcanjos do Senhor na luz, o céu paira sobre suas cabeças como um pórtico aberto!"

A desgraça da mulher tocou alguns dos *tzadikim* no fundo d'alma e eles falaram: "Fique calma, vamos fazer o necessário para que o seu dinheiro seja encontrado".

Aí então o *tzadik* Rabi Schalom de Kaminka levantou-se e bradou: "Ouçam todos vocês e você também, mulher! Aqui nenhuma promessa pode ser feita. O dinheiro deverá permanecer perdido para sempre. Quem pode prender a cadeia que corre sobre a roda de todos os tempos! Deve ter acontecido que você trouxe consigo de sua vida passada uma dívida não paga; esse judeu nasceu para quitar sua dívida e, quando ele assim o fez, ele se foi. Você, porém, fique agradecida porque a falta cometida por sua alma está cancelada!"

Depois de dizer isso, Rabi Schalom voltou-se para os *tzadikim* e disse: "Meus mestres, se for do agrado de vocês, ouçam-me e eu lhes contarei uma história do santo Baal Schem cujo mérito nos fortalece.

"Vivia em Rischa nos dias do santo homem um importante judeu, rico, bem versado nas Escrituras. Embora não se incluísse entre os *hassidim*, recebia com ávida curiosidade os relatos dos surpreendentes feitos que o mestre executava. Desse modo, cresceu nele o desejo de conhecê-lo pessoalmente. Um dia mandou aprontar seu carro de viagem, ordenou ao cocheiro e aos criados que subissem nele e dirigiu-se imponente, como um nobre, à Mesbitz, o lugar onde vivia o Rabi. Ali chegando, entrou na casa do Baal Schem determinado a fazê-lo sentir sua erudição, pois esperava assim conseguir que o santo mestre o considerasse digno de discutir com ele a interpretação da Escritura ou os mistérios da Cabala. Mas o Baal Schem evitou qualquer coisa desse tipo e falou com simplicidade e um ar contemplativo sobre todos os gêneros de assuntos mundanos. Ao ricaço pareceu que o *tzadik* não lhe demonstrava nenhuma honra especial com essa conversação. Ainda assim, quis sair-se de maneira digna e, por isso, colocou um maço de rublos diante dele, na mesa. O Baal Schem viu o gesto, um sorriso sutil percorreu-lhe a face, e foi como se lembrasse de um antigo acontecimento.

"'Agora, meu amigo', disse ele, 'você deve me dizer o que lhe falta e porque devo interceder em seu favor'.

"A isto o ricaço replicou, infundindo em suas palavras uma orgulhosa satisfação: 'A mim, nada falta – louvado seja o Nome de Deus. Minha casa tem seu conforto, meus filhos foram criados para a alegria de minha alma, minhas filhas me trouxeram genros conceituados, os netos estão sendo criados em minha casa... Não, Mestre, nada me falta!'

"'Bem', pensou o Baal Schem, 'dádiva como esta é coisa rara e não deve ser mal interpretada'. Dificilmente lhe acontecia de que alguém se lhe apresentasse e lhe oferecesse uma dádiva sem, ao mesmo tempo, rasgar-lhe o coração e derramar o azedume dos seus sofrimentos. Um oferecia-lhe à vista um ferimento terrivelmente doloroso para o qual procurava cura, outro implorava que sua mulher estéril pudesse lhe gerar

filhos, um terceiro estava ameaçado de prisão e queria escapar dela. Mas aqui estava um homem que apenas oferecia e nada desejava.
"'Por que então você veio me procurar?' perguntou.
"'Eu apenas queria conhecê-lo', o homem replicou, 'porque seus milagres vivem no povo e o senhor é conhecido como um homem santo. Eu, porém, falei à minha alma, quero ir lá para conhecê-lo em pessoa e ouvi-lo de viva voz'.

"Ao escutar isso o Baal Schem respondeu: 'Pois bem, meu amigo, se é verdade que você fez essa longa viagem apenas para ficar diante de mim com olhos e ouvidos, então olhe-me bem e ouça-me com atenção – Eu lhe contarei uma história para que a leve consigo em seu caminho. Mas, meu amigo, ouça-me com muita atenção! Minha história deu-se assim:

'Outrora moravam numa cidade dois ricos judeus, vizinhos, cada qual com um filho. Os meninos tinham a mesma idade, eles inventavam jogos, um para o outro, estudavam juntos e se queriam com amor inquebrantável. Mas como são breves os dias da juventude despreocupada! Ambos cresceram e cedo foram casados por seus pais. Um mudou-se para um lugar, muitas milhas ao sul e, o outro, ainda mais longe, na direção oposta.

'Porém, agora, meu amigo, ouça-me bem. Os dois jovens rapazes sentiam-se em casa no afeto que dedicavam um ao outro, o mundo ainda lhes era estranho e, por isso, escreviam, um para o outro, longas cartas a cada semana, e estas eram a razão de suas vidas. Gradualmente, no entanto, o olhar de cada um começou a apegar-se àquilo que imediatamente o rodeava e lhe dizia respeito, e isso foi embebendo firmemente seus espíritos. Ainda assim, escreviam-se todos os meses e não escondiam um do outro o que lhes ocorria. Mas, então, o mundo os cerrou em seus braços e comprimiu o franco alento de suas almas, e eles se envergonharam de confessar um ao outro, por cartas, que aquele silêncio de onde provinha a palavra viva do amor havia desaparecido de seus corações. Por isso, calaram-se de todo por fim, e apenas os relatos de bocas estranhas, vez por outra, teciam fios entre eles, e cada qual ouvia do outro que vivia em conforto e que era importante em seu mundo.

'Após muitos anos aconteceu que um deles perdeu tudo que o fazia feliz e seguro, a tal ponto que não podia mais, sequer, chamar de sua uma roupa apresentável.

'Como agora este estava nessa condição e lutava contra a miséria, pensou no amigo de juventude e disse de si para consigo – Aquele que foi para mim, um dia, o mundo inteiro, e muito mais belo do que este mundo mesmo pudesse tornar-se mais tarde, poderá dar um novo alento à minha vida, tirando-me dessa necessidade, se eu puder apenas chegar a ele. – Emprestou dinheiro para a viagem em humilhantes condições, dirigiu-se à cidade onde seu amigo vivia e o visitou. Lá foi recebido calorosamente, e toda a casa acolheu-o com festa. Enquanto sentavam-se lado a lado à mesa de refeição, o amigo perguntou-lhe, – Você, alma da minha infância, conte-me o que se passou consigo neste mundo! – Não tenho muito a dizer, replicou-lhe o outro. – Saiba apenas que mesmo as roupas que visto não são minhas. – E, ao falar, lágrimas de dor escorreram-lhe dos olhos e caíram sobre a fina toalha que cobria a mesa de jantar. Então seu companheiro nada mais perguntou e a refeição continuou com troças, música e jogos.

'Quando a refeição chegou ao fim e os amigos sentaram-se, lado a lado, o dono da casa chamou seu guarda-livros e ordenou-lhe que fizesse um levantamento de toda a sua fortuna e, quando isso fosse feito, que a dividisse em duas metades e desse uma das metades ao seu irmão de coração.

'O pobre homem de há poucos dias viajou para casa ricamente abençoado, encontrou trabalho e êxito unidos e, em alguns poucos anos, sua casa ficou mais rica do que fora anteriormente. Durante o mesmo período de tempo, entretanto, aconteceu que o infortúnio rondou a casa do outro amigo, e o azar mostrou ser um camarada tão teimoso que o homem mesmo usando todas as suas forças não conseguiu afugentá-lo. Nem, tampouco, encontrou em seu amargo caminho nenhum coração que lhe desse conselho ou ajuda.

'Enquanto a penúria, como uma grande aranha sedenta, entrançava-o agora em sua cinzenta teia e ele a sentia cada vez mais apertada e espessa, lembrou-se do amigo de sua infância. Escreveu-lhe imediatamente, pois soubera que a fortuna dele crescera muito além de suas antigas posses. Tencionava ir ter com ele nessa sua grande provação e, sem pejo, pedir-lhe ajuda de suas mãos. E o fez saber em que dia e hora ele deixaria a cidade a fim de ir ao seu encontro. Então, no devido tempo, já pleno de alegria, pôs-se a caminhar a pé nessa longa viagem. Mal se deu conta do grande cansaço que ao final o acometeu; atrás de cada curva da estrada, em cada nuvem distante de poeira, esperava vislumbrar a carruagem do amigo vindo ao seu encontro, pois este estava informado do dia em que ele empreendera a jornada. Já se aproximava da cidade estranha – mas ainda inteiramente só e exausto até a morte.

' – Talvez meu amigo veio ao meu encontro por outra estrada. Provavelmente, há várias que saem desta cidade para a minha! – O viajante pensou: Como ele não me encontrou, deverá ter voltado.

'Quando avistou diante de si as casas e jardins da cidade, em um luzir de branco e verde, o peso desvaneceu-se de seus membros e ele apressou o passo. Não lhe foi difícil descobrir alguém que conhecia o caminho para a casa de seu amigo; era uma moradia majestosa em uma rua abastada. Ele entrou e deu com um salão, por onde andou, recheado de pesadas e valiosas mobílias, porém, vazio de pessoas. E – estranho –, ele pensou, – que meu amigo também não tenha me esperado aqui. Será que minha carta se extraviou ou o mensageiro me enganou? – Sentou-se e esperou.

'Entrementes, seu amigo encontrava-se em cima, no andar superior de sua grande casa, rodeado por seus livros e sua contabilidade.

'A cabeça estava enterrada em suas mãos. Há dias sua alma travava uma dura batalha. Ao receber a carta do amigo de juventude veio-lhe, naquele instante, à sua mente o momento em que o outro dividira todos os seus bens com ele, pelo amor dos tempos de criança, quando eram como irmãos. E compreendeu que agora chegara a sua vez de fazer o mesmo. Mas, então, sua natureza, que brotara outrora pura e bondosa das mãos do Eterno, turvara-se naquela época em que fora levado de novo da repentina pobreza à riqueza. Sentiu, primeiro, medo diante da possibilidade de empobrecer de novo, depois, um amor sobre suas posses que cresceu para uma fria avareza. E, agora, tudo nele resistia ao pensamento de separar-se do que era seu.

'Por fim, decidiu recusar-se a dar qualquer dádiva. Ao considerar, porém, que à vista de seu amigo toda dureza em seu íntimo poderia derreter-se, foi tomado de medo. Ordenou aos criados que o expulsassem da casa.

'Quando, então, um dos criados entrou, o homem que aguardava declinou o seu nome e pediu para ver o dono da casa. Ouvindo-o, o criado fez como lhe fora ordenado e o pôs porta afora. O pobre homem saiu de lá e foi para um lugar onde pudesse ficar a sós com sua alma. Lá derramou seu coração perante Deus. Nessa hora, em seu amargo pranto, exausto pela longa viagem sem descanso e alívio, morreu.

'Alguns dias depois também faleceu o ricaço. Juntos, eles ficaram diante do Juiz do mundo. Ao pobre, o sofrimento e a bondade granjearam uma existência em sublime glória, o ricaço, porém, foi condenado a submergir lá onde o gelo arde como fogo e os corações empedernidos encontram sua morada.

'Quando seu companheiro soube do julgamento, clamou em lágrimas, – Senhor, mesmo a luz que de Ti emana não pode iluminar a negra aflição que deverei sentir por toda a eternidade se este homem tiver de ingressar no reino dos tormentos.

'A voz do alto lhe disse – Diga, o que deseja para vocês dois? – Permita-nos, ó Senhor, descer uma vez mais ao mundo –, respondeu ele. – Deixe que ele nasça na riqueza e eu na pobreza. Aparecerei diante dele, na figura de um mendigo, e lhe pedirei de volta o que ele me deve e me recusou naquela vida passada. Porém, se seu espírito for miserável, como o foi então, eu verterei lágrimas ardentes sobre o seu coração e lutarei com sua obstinada alma a fim de conseguir dela esse bem, ainda que seja de vintém em vintém.'

'Então a voz concedeu a todos os dois um novo retorno.

'O homem de coração empedernido levava vida suntuosa em uma luxuosa casa, o outro vivia entre os necessitados em uma terra distante.

'"Agora, ó meu amigo', admoestou o Baal Schem, 'apronta sua alma e ouça-me com muito cuidado!'

'O que havia acontecido a ambos, antes desta vida, eles nunca souberam. Ocorreu que, por causa de sua miséria, o pobre pôs-se a perambular a fim de mendigar e, assim, chegou à cidade onde o outro passava seus dias em alegrias mundanas.

'O pobretão vagou pelas ruas e chegou à casa do ricaço. Ali, estacou e ergueu a mão até a aldrava para bater no portão. Nesse momento, apareceu um homem no caminho, avistou o mendigo diante do portão e o advertiu – Aqui você bate em vão; ninguém jamais saiu desta casa confortado. – Então, soube que a ajuda lhe seria recusada e sua mão tombou, mas algo em seu coração lhe disse que deveria receber a esmola dali e de nenhum outro lugar. Assim, voltou a bater, e dirigiu-se ao dono da casa pedindo-lhe uma pequena caridade com a qual pudesse mitigar a fome que o corroía. – Se você nada me der, então morrerei –, disse ele – O senhor tem minha vida em suas mãos.

'O dono da casa contorceu o semblante em uma risada e zombou – Poupe seu tempo e não fale muito! Qualquer criança da rua sabe que eu não dou esmolas. Não quebrarei meu costume por você.

'Então o pobre homem sentiu uma estranha força elevar-se em seu íntimo; era como se estivesse pedindo por mais do que sua vida. Estranhas, poderosas palavras vieram à sua boca, empregou gestos vigorosos e envolveu aquele coração trancado com todo o seu empenho.

'Quando o ricaço sentiu tamanho poder assaltando-o, foi tomado de raiva, e começou a bater tão desenfreadamente no mendigo, que este foi ao chão.

"'Então, meu amigo', disse o Baal Schem, 'você me ouviu até o fim. Você tem certeza, realmente, de que mesmo agora, nada lhe falta?'

"Então, o judeu caiu de joelhos, em prantos, diante do mestre. 'Rabi, eu sou esse homem mau. O senhor rompeu o véu das gerações, meus olhos puderam contemplar além, por sobre a corrente dos acontecimentos. O que devo fazer para purificar a alma que corrompi?'

"'Vá, e veja em cada pobre em seu caminho, um irmão do mendigo que você golpeou', respondeu o Baal Schem. 'Dê tanto quanto você puder de seus bens e de sua ajuda. Deixe sua alma inundar a dádiva com amor!'"

Isto foi o que o Rabi Schalom de Kaminka contou aos *tzadikim* que se reuniram em Ropschitz para o aniversário da morte do Rabi da cidade.

DE PODER EM PODER

No tempo do Baal Schem viviam dois amigos. Estavam naquela fase mais bela da juventude, quando o último albor da manhã ainda fulge no firmamento, fagueiro e indeterminado: os sonhos crepusculares continuam ainda a estremecer, mas, logo, se acerca o sol, o inflexível senhor, e seu reino de formas se torna visível.

Muitas vezes os amigos ficavam sentados juntos, apoiados contra a parede nua de seus pequenos quartos e conversavam sobre o sentido da vida. Para um, o mundo se abria pela palavra do Baal Schem. De cada coisa ele recebia uma mensagem, e a cada ação ele dava uma resposta. Atirava-se sobre o campo verdejante, saudava o vento, a água e os belos animais que por ali se esgueiravam, e sua saudação era uma prece. Assim, para ele o sentido da vida tinha sua fonte autêntica no Criador. Seu companheiro se exaltava com ele e declarava que tudo isso era um pecado contra o espírito da verdade. Pois cada coisa possui muitas superfícies e cada criatura muitas formas e, aquele que entrega a sua alma a uma fé vê de tudo isso apenas uma superfície e uma forma; seu caminho passa a ser pobremente seguro e nele morre a busca da verdade, o sentido da vida. A isso o outro replicava que no mundo da iluminação não há superfícies nem formas, porém, cada coisa e cada ser lá permanecem em sua pureza. Assim os amigos amiúde discutiam, um como outro.

Então aconteceu que uma grave doença acometeu o jovem que era devotado ao Baal Schem. Em meio à implacável intensidade da dor ele reconheceu a mensagem de um poder que deveria levar a um fim a sua vida terrena. Assim, não lhe opôs resistência, porém, entregou-se ao poderoso elemento. Todavia, o pavor estava acampado no caminho que deveria dar no abismo da eternidade. Fez saber ao Baal Schem que estava se preparando para a morte e, quando o mestre veio à sua cabeceira, disse: "Rabi, como e por que meios deverei proceder? Um pavor se estende à minha frente e perturba minha paz".

O Baal Schem tomou entre as suas a mão do menino doente e lhe disse: "Filho, lembre-se: você não caminhou o tempo todo de poder em poder, e de porta em porta? Assim você também deve caminhar doravante nos jardins da eternidade." Ele tocou a testa do menino enfermo e lhe disse: "Porque a hora do último albor ainda paira sobre você e porque você viveu nela verazmente e não temeu a sua ventura, eu escreverei meu sinal em sua fronte para que ninguém possa aterrorizar o seu andar e retardar sua trajetória. Assim vai até lá, filho, quando a morte o convocar". O Baal Schem inclinou-se sobre ele, apoiou a fronte na sua fronte, e o abençoou.

Quando o mestre foi embora, o outro jovem esgueirou-se para dentro do quarto e ajoelhou-se ao lado da cama. Beijou a mão do menino doente e disse: "Meu querido, eles querem levar você embora, e eu sei que você não vai resistir. Lembre-se de como nós costumávamos conversar, um com o outro, entre as bétulas, na tarde estival, e no final você dizia apenas: 'Sim, é isso', e eu dizia: 'Não, não é isso'. Agora eu estou com muito medo, pois você está indo para longe, indo de boa vontade, com esses seus olhos. Meu querido, as bétulas estão em seus olhos, e também a tarde de verão. E tudo diz: 'Sim, é isso'. Eu sinto que é, eu mesmo o digo, e sei também disso, pois de outra forma não haveria sentido em tudo e, no entanto, você está indo para longe de mim. Para onde você vai?" Ele soluçou sobre a mão de seu amigo e beijou-a outra vez e mais outra vez.

O menino moribundo falou: "Meu querido, eu vou seguir adiante no caminho. Quando estiver nele, eu pensarei em você e no nosso amor. Eu virei até você para lhe contar da minha trajetória. Dê-me sua mão".

Então o outro gritou: "Você não deve ir, eu o segurarei, você não deve ir!"

Mas o agonizante disse ao seu amigo: "Não é assim, você nada pode contra o Senhor. Você deve segurar a minha mão até que o meu pulso cesse de bater, e eu lhe prometo isto, eu tornarei a vir para contemplar a linda terra e você".

Diante do sinal em sua testa os portões do firmamento abriram-se enquanto ele ascendia. Vagou de portão em portão, de santidade em santidade e recebeu o sentido da vida. O tempo silenciou e não havia espaço, apenas o caminho de vir a ser sem lugar e lapso de tempo. De súbito, seu passo foi reprimido, o tempo rumorejou em seus ouvidos, e o espaço golpeou-o com punhos angulosos. Então, viu-se ali postado, em meio a vigias mudos. Mostrou-lhes o sinal em sua fronte. Porém, eles o fitaram e sacudiram as cabeças, e ele soube que sua fronte não mais trazia nenhum sinal. O desespero das criaturas humanas ameaçou dominá-lo, mas ele lhe resistiu. Então, viu diante de si um ancião que perguntou: "Por que você se deteve aqui?"

"Mais longe não posso ir", respondeu. "Isso não é boa coisa", disse o ancião. "Porque se você se demorar aqui, então a vida do espírito o abandonará e você permanecerá aqui como uma pedra insensível. Pois, toda a vida do mundo vindouro é caminhar de poder em poder até o abismo da eternidade".

"O que posso fazer?" perguntou-lhe o jovem.

"Eu entrarei no santuário", replicou o velho, "para descobrir porque isso lhe aconteceu". Ele foi, voltou, e disse, "Você prometeu a seu amigo que voltaria e lhe contaria sobre a sua trajetória. Você esqueceu de fazer isso e quebrou a sua promessa. Por isso, o sinal foi removido de sua testa e você ficou impedido de pisar no santuário da verdade".

Então o jovem viu seu amigo na terra e sofreu por tê-lo esquecido. "O que devo fazer a fim de me libertar de meu pecado?", perguntou.

O velho respondeu: "Desça dentro do sonho noturno de seu amigo e conte-lhe o que ele deseja saber."

O jovem desceu à terra e entrou no sonho de seu amigo. Tocou a testa do adormecido e sussurrou-lhe no ouvido: "Meu querido, eu vim para contar-lhe do meu caminho. Mas não se zangue comigo por eu ter demorado tanto. Pois, como pode alguém lembrar-se de uma pessoa, ainda que seja a mais querida, em meio ao pavor do torvelinho de Deus, que transborda todos os limites?"

O outro, porém, ergueu-se em seu sono, apertou a mão contra os olhos e sibilou as palavras de seu sofrimento por entre seus dentes cerrados: "Suma de mim, imagem mentirosa, eu não deixarei mais você me fazer de bobo. Eu esperei e esperei, e o prometido não veio. E agora meu espírito se arruinou por esperar noite após noite que seu fantasma viesse me visitar. Porém, agora, não deixarei mais que me façam de bobo. Eu lhe ordeno, desfaça-se e não me apareça nunca mais!"

Então o jovem atirou-se, tremendo, sobre seu companheiro e agarrou-se a ele. "Acredite, eu não sou uma ilusão, mas seu amigo", ele disse, "e eu vim a você, do mundo da verdade. Lembre-se de como sentávamos sob as bétulas na tarde de verão. Lembre-se de como nossas mãos direitas se entrelaçavam, uma na outra, na hora de minha morte".

Mas o sonhador gritou: "Você diz o mesmo, noite após noite, você me segura e eu me ergo para chegar a você, então você desaparece nas sombras. Por isso me deixe agora e, veja, estou me libertando de você!"

Uma vez mais o falecido tentou lutar e gritou: "Você mesmo não disse para si próprio: Sim, é isso?"

O outro, porém, apenas riu e disse com voz dura: "De fato eu falei isso e eu também esperei. Mas o prometido não voltou e, agora, eu sei que fui um joguete nas mãos de uma hora cruel. Foi ela que me escravizou e me envergonhou e trouxe o sim da traição aos meus lábios. Mas eu clamo contra você: 'Não, não é!' "

Aí o jovem se rendeu e voltou-se para desaparecer, mas uma última esperança lhe veio e, da mortiça distância, chamou seu camarada: "Então eu retornarei em plena luz do dia e lhe darei um sinal".

No mundo superior ele correu para o templo do encontro, procurou pelo velho e o inquiriu: "Ajude-me e diga que sinal eu posso dar a meu amigo para demonstrar-lhe que realmente sou eu?"

"Sobre isso também quero aconselhá-lo, meu filho", respondeu o ancião, "e que Deus esteja com você. Ao meio-dia de cada *Schabat* o Baal Schem prega sobre os mistérios do ensinamento, na casa de estudos, que fica no céu do conhecimento sagrado. E, no terceiro repasto sabático, que une o céu e a terra, ele prega sobre esses mistérios aos ouvidos dos homens, depois que sua palavra recebeu a bênção do mundo superior. Por isso, vá até lá ao meio-dia do *Schabat* e preste atenção à prédica de seu mestre no firmamento; depois desça para seu amigo e transmita-lhe a prédica. Isso então lhe servirá como um sinal; ele virá ao repasto santificado na casa do Baal Schem e receberá as palavras de sua boca".

O jovem assim procedeu, absorveu a prédica do mestre, desceu, entrou no sonho matinal de seu amigo e derramou sobre ele as palavras como um bálsamo. Depois disso inclinou-se sobre ele e o beijou, boca na boca, com o beijo dos céus. Então partiu.

O outro, porém, levantou-se imediatamente e sentiu como se tivesse experimentado o inexperimentável. Foi para fora, lá se erguiam as bétulas ao sol do meio-dia. Sentou-se por um longo tempo à sua sombra como alguém que sabe.

Quando o sol começou a submergir, dirigiu-se à casa do Baal Schem, não por dúvida, mas por anseio. Agora, parado à entrada ouviu as palavras da boca do Baal Schem. Curvou-se aos pés do orador e disse: "Rabi, abençoe-me porque quero morrer. Pois o que me resta ainda?"

"Não é assim", replicou o mestre, "Vá lá fora, em direção às bétulas, que outra vez se erguem na tarde estival e fale com elas em meio a sua alegria: 'Sim, é isto'. E eu, certamente, o abençôo, mas não para a morte, pelo contrário, que agora e aqui você possa caminhar de porta em porta, de poder em poder, e assim para todo o sempre."

O TRIPLO RISO

No entardecer de uma sexta-feira, quando o Baal Schem se sentava à mesa com alguns de seus discípulos e havia acabado de pronunciar a bênção sobre o vinho, aconteceu de repente que seu semblante se iluminou com um alegre fulgor que irradiava de seu íntimo, e ele começou a rir e riu muito e de forma calorosa. Os discípulos se entreolharam e examinaram a sala, mas lá não havia nada que pudesse ter sido a causa dessa risada. Depois de um breve momento, o Baal Schem riu uma segunda vez, da mesma maneira, com a alegria inesperada e a vivacidade de uma criança. Daí, passado mais um pequeno lapso de tempo, a sua risada soou pela terceira vez.

Os discípulos permaneciam sentados em silêncio ao redor da mesa. Aos seus olhos era uma ocorrência rara e um fato incompreensível. Pois conheciam bem o mestre e sabiam que ele nem de leve se renderia a tal impulso. Assim, suspeitaram que essa alegria vinha de um motivo significativo e de bom grado gostariam de conhecê-lo, no entanto, nenhum deles teve coragem de abordar o assunto com o Baal Schem. Por isso, seus olhos voltaram-se para o Rabi Wolf, sentado no meio deles, para que perguntasse ao mestre a causa de sua risada. Pois o costume era que, ao findar o *Schabat*, quando o Baal Schem repousava em seu aposento, Rabi Wolf ali entrava a fim de saber dele o que quer que pudesse ter acontecido no decorrer do *Schabat*.

Assim o mesmo aconteceu, também, dessa vez, e o discípulo perguntou-lhe sobre o sentido de sua risada do dia anterior.

"Bem, agora", falou o Baal Schem, "acho que você gostaria de saber de onde me veio essa alegria. Venha comigo e você ouvirá". Então, ordenou ao criado que atrelasse os cavalos para um passeio ao campo, como era seu costume, após o término do *Schabat*. Subiu na carruagem com seus discípulos e eles não retornaram à casa algumas horas depois, como faziam sempre, porém, viajaram a noite inteira, em silêncio, através da escuridão. De manhã chegaram a uma localidade. O Baal Schem mandou a carruagem parar diante da casa do chefe da comunidade. Logo a sua chegada ficou conhecida por todos os judeus. Eles vieram e cercaram a casa a fim de honrá-lo. Ele, porém, ordenou ao chefe que mandasse chamar *Schabtai*, o encadernador.

O outro replicou, um pouco descontente: "Mestre, o que o senhor quer desse homem que vive em nossa comunidade sem ser especialmente notado por ninguém? Ele é um judeu honesto, mas nunca o ouvi tecer qualquer louvor que seja pelo mais ligeiro ensinamento. O que de bom pode ele significar para o senhor?"

"Não obstante", disse o mestre, "é meu desejo que você o chame para mim". Mandaram chamá-lo, e ele veio, – um velho grisalho e modesto. O Baal Schem o olhou e disse: "Sua mulher também deve vir", e ela também logo se apresentou.

"Agora", disse o Baal Schem, "você deve me contar o que fez na noite do último *Schabat* . Porém, diga a pura verdade, não tenha vergonha e nada nos esconda."

"Senhor", redargüiu *Schabtai* , "eu nada ocultarei do senhor, e se eu pequei, então saiba que estou pronto a aceitar o castigo de suas mãos, como se viesse das mãos de Deus, Ele mesmo".

"Todos os dias que os céus têm me concedido, eu consegui viver de meu trabalho; na verdade, em épocas boas logrei economizar para mim pequenas quantias. Mas, desde o início, era meu hábito fazer com que minha mulher saísse ao meio-dia da quinta-feira para comprar, com muito cuidado, todos os mantimentos para o *Schabat* – o necessário em farinha, carne, peixe e velas. Depois da décima hora da véspera do sábado, eu deixava meu trabalho e ia à casa de orações para lá permanecer até a prece da tarde. Eu assim procedi desde a minha juventude.

"Agora, porém, quando começo a envelhecer, minha roda da fortuna virou; minhas posses escorreram de minhas mãos e minha força para o trabalho está enfraquecida. Agora, vivo uma vida de preocupação e freqüentemente, lá pela quinta-feira, não consigo prover todas as necessidades para o *Schabat*. Meu consolo é que, não importando o que me possa sobrevir, de uma coisa eu não preciso desistir: terminar minha semana de trabalho na décima hora da véspera do *Schabat*, entrar na casa de orações e lá permanecer até o anoitecer recitando O Cântico dos Cânticos e os hinos festivos.

"Era a décima hora da véspera deste *Schabat* e eu não tinha um vintém em minhas mãos para suprir as necessidades do feriado e minha pobre mulher não tinha sequer um punhado de farinha na lata. Nunca, em todos os dias de minha vida eu precisara, até então, da ajuda de outra pessoa, por isso eu também queria passar por esse dia sem esmolas. Então, eu decidi jejuar esse *Schabat*. Mas eu temi que, não vendo luz alguma ardendo sobre a mesa, minha mulher ficasse com o coração opresso e que ela poderia aceitar uma vela e algum pão sabático ou um pequeno peixe se uma vizinha bem-intencionada lhe oferecesse. Por isso, exigi que não aceitasse ajuda de nenhuma pessoa, mesmo se ela insistisse para que o fizesse. Pois, entenda, Mestre, os judeus entre os quais nós vivemos são de bom coração e dificilmente poderiam aceitar que nossa mesa de *Schabat* estivesse vazia. Minha mulher prometeu-me fazer como eu pedi. Antes de me dirigir à casa de orações, disse-lhe: 'Hoje eu me demorarei até o declinar do dia. Pois se voltar da casa de orações em companhia dos outros e eles não virem luz em minha casa me perguntarão a causa disso, e eu não saberei o que lhes responder. Mas, então, quando eu voltar, minha mulher, vamos receber com amor o que os céus nos destinarem'. Assim eu disse à minha velha esposa, para confortá-la.

"Ela, entretanto, ficou e limpou a casa toda em cada canto e fresta. Já que o fogão estava apagado e ela não tinha comida para preparar, sobrou-lhe muito tempo que ela não soube como gastá-lo senão abrindo um velho baú e tirando as roupas amareladas de nossa juventude a fim de escová-las e limpá-las para guardá-las novamente. Lá ela achou, sob todas aquelas velhas e puídas coisas, uma manga de vestido que havia sumido uma vez, anos atrás, e que nunca mais havíamos encontrado. Nessa peça de vestuário havia alguns botões em forma de pequenas flores, feitas de fios de ouro e prata, um ornamento encantador como é possível encontrar em antigas roupas. Minha mulher os cortou e os levou ao ourives, e ele lhe deu tanto dinheiro que ela pôde comprar o alimento necessário para o *Schabat* e também duas boas e grandes velas e, além disso, até o que nós precisaríamos para o dia seguinte.

"À noite, quando toda gente partiu, eu caminhei vagarosamente pelas ruelas até nossa casa e avistei, já de longe, uma luz queimando. O brilho da vela parecia festivo e aconchegante. Eu, porém, pensei: 'Minha velha esposa agiu à maneira das mulheres e não pôde abster-se de aceitar alguma coisa'. Eu entrei e encontrei a mesa posta e pronta, com o pão sabático e peixe, e também dei com o vinho para pronunciar a bênção. Porém, me segurei para não ficar zangado, pois não queria quebrar o *Schabat*. Assim me contive, proferi a bênção e comi o peixe. Depois disso eu disse à minha mulher – porém o fiz com voz suave, pois me apiedei de sua pobre e sofrida alma – 'Agora, ficou claro que seu coração não está em condições de aceitar a privação'. Ela, no entanto, não me deixou falar até o fim, mas disse-me com voz animada: 'Meu marido, você ainda se lembra da velha peça de roupa com botões de ouro e prata, o qual demos por falta há anos? Quando limpei hoje o grande baú, eu a encontrei. Dei os botões ao ourives e, com o dinheiro, preparei o *Schabat*'.

"Mestre, quando ouvi aquilo, meus olhos se encheram de lágrimas, tão grande foi a minha alegria. Eu me joguei ao chão e agradeci ao Senhor por ter se lembrado do meu *Schabat*. Olhei para minha mulher e vi seu bondoso semblante refletir minha alegria. Então, senti-me aquecido e esqueci os muitos dias miseráveis. Abracei minha mulher e dancei com ela em volta do aposento. Depois disso, comi o jantar sabático e meu humor tornou-se ainda mais leve e mais agradecido; depois dancei com alegria e ri pela segunda vez e, quando comi a sobremesa, fiz o mesmo pela terceira vez. Veja, Mestre, tão grande era a minha felicidade que essa bênção e graça para o *Schabat* me viesse de Deus somente, e não dos homens. Minha alegria era tão grande que eu não podia cerrar meu coração. Em minha mente tinha que reverenciar a Deus por isso, mas, Rabi, se isso foi um desonroso ato de loucura, por eu ter dançado assim com minha mulher, então, dê-me um castigo misericordioso, e eu não falharei em executá-lo."

Aqui *Schabtai*, o encadernador, calou-se. O Baal Schem disse aos seus discípulos: "Saibam que todas as hostes do céu rejubilaram-se com ele e rodopiaram com ele na dança. E eu, que vi tudo isso, fui levado ao riso por três vezes". Então, voltou-se para os dois e lhes disse: "A vocês que não têm filhos acontecerá que, na velhice, nascerá um menino. Chamem-no Israel, segundo o meu nome".

Assim aconteceu. Este menino tornou-se o Maguid de Kosnitz, o grande homem da prece.

A LINGUAGEM DOS PÁSSAROS

Rabi Arie, o pregador de Polnói, alimentava um ardente desejo de possuir uma sabedoria que é muito rara entre os mortais e da qual, em cada geração, somente um único indivíduo é herdeiro e guardião. Nos dias que Rabi Arie palmilhava os caminhos da terra e lutava por essa posse, era o Baal Schem quem a dominava. O portador dessa sabedoria era capaz de compreender a linguagem de todas as criaturas. Ele compreendia o que os animais na terra e no ar confidenciavam, um ao outro, sobre os segredos de suas existências; na verdade, até o que as árvores e plantas falavam entre si era dele conhecido. Se encostasse seu ouvido de encontro à terra negra ou à rocha nua, o sussurro das criaturas que evitam a luz e habitam nas fissuras e cavernas o alcançava.

Rabi Arie estava bem ciente do atrevimento que se escondia no seu desejo. Ainda assim imaginava que devia cultivá-lo por causa da elevada aspiração da qual isso lhe viera. Ele, que arrebatava seus ouvintes como orador, acreditava que, se a linguagem das criaturas se tornasse a sua própria, sua pregação viria do espírito da terra e do céu e conduziria todas as almas ao Senhor da criatura. Assim, decidiu ir ao encontro do Baal Schem, de cuja amigável recepção estava certo, e pedir-lhe que o iniciasse na arte miraculosa. Julgava que devido à sua elevada meta o mestre não lhe negaria o pedido.

Desejo e esperança deram asas a seus pés. Assim, tomou a estrada atrelado ao seu sonho, sem notar quem quer que seja, homem ou coisa alguma. E desse modo adentrou no aposento do mestre. O quarto estava repleto de pessoas que ouviam atentamente as palavras do Baal Schem. Rabi Arie fechou a porta atrás de si e curvou-se em silêncio. Ao levantar a cabeça, seu olhar a brilhar duramente devido ao desejo impaciente, mergulhou no suave fulgor dos olhos do mestre. O Baal Schem, de pé diante dele, falava inclinado contra a parede. O rabi soube pelo olhar dele que o santo homem, sem dúvida, o vira embora não o demonstrasse por palavra ou gesto. Por isso, ficou parado junto à porta. Notou que o mestre estava proferindo uma parábola, mas Rabi Arie não estava em condições de seguir a prédica, pois mortificou-o no fundo do coração o fato de o Baal Schem não lhe dirigir uma só vez sequer um aceno fugaz. Contudo, refreou seus impacientes pensamentos e resolveu esperar com serenidade até que o mestre tivesse terminado pois, com certeza, ele viria então lhe dar as boas vindas.

O Baal Sem, porém, terminou a fala e, agora, deixava que um e outro, do círculo dos ouvintes, expressasse seus pensamentos; pois, enquanto estava falando havia lido em suas fisionomias o que cada um dentre eles sentia, fosse desacordo, pergunta, ou assentimento. Enquanto elocuções e contra-elocuções estavam sendo ouvidas, nem o anfitrião nem seus visitantes, prestaram qualquer atenção ao recém-chegado e, assim, ele ainda permanecia à porta, morto de pesar. A vergonha de ver-se a si mesmo tão menosprezado quase tirava seu fôlego. Ele sentia como se devesse silenciosamente escapar para algum lugar a fim de desabafar em pranto. Mas, quando sua mão quase se colocara sobre o trinco a fim de pressioná-lo para baixo, sem ruído, lembrou da ânsia que o conduzira para lá, seu constante desejo inflamou-se e dominou-o, e ele decidiu que nenhuma afronta poderia ser tão má a ponto de que não pudesse suportá-la para atingir a sua meta.

Entrementes, muitos dos visitantes voltaram-se para sair. O anfitrião conduziu-os à porta, dispensando-lhes a saudação de paz. Então, como seu manto roçasse o rabi, voltou a cabeça na direção dele, quase imperceptivelmente, e cumprimentou-o por cima de seu ombro, na posição em que já se encontrava, em um tom de voz impassível sem alegria ou calor. O estado de espírito do pregador agora deprimiu-se mais ainda. Ele sentia como se lhe houvessem roubado o chão sob os pés. No entanto, seu anelo tornou a despertar e reavivou-se nele, o rabi recompôs toda sua força e paciência juntas e, assim, armou-se contra tudo de desfavorável que esse dia lhe trouxera. Disse a si mesmo: "Se foi um acaso cruel que me trouxe tanta vergonha ou uma prova que o mestre planejou como adequada para minha purificação, deverei permanecer e esperar a hora da graça". Assim, até o final do entardecer, passou este dia na casa do Baal Schem, entre os amigos e discípulos.

Ao cair da noite, o mestre mandou que carruagem e cavalos fossem aprontados para partir, pois ele pensava iniciar uma viagem ainda nesse mesmo dia. O desespero já assaltava o Rabi Arie pelo fato de se ver tão desprezado pelo mestre quando este, com um aceno amistoso de sua mão, o chamou e o convidou a se juntar com alguns outros que iriam acompanhá-lo nessa jornada. Então, o semblante do pregador estremeceu de alegria, pois ele sabia que o santo homem escolhia com cuidado seus companheiros de viagem, aos quais planejava comunicar sua vontade ou seu conhecimento. Ele estava convencido de que o Baal Schem havia pensado atender seus desejos, durante o caminho.

Silenciosamente os companheiros foram sendo conduzidos pelo interior dos campos a imergir no crepúsculo. Pois, agora, depois do pôr-do-sol, todos os odores das plantas e o vapor da terra mais penetrantes e pungentes perfumavam o ar, aumentava a expectativa em todas as almas; pois, nessas viagens, que o mestre empreendia com seus discípulos, costumavam acontecer coisas significativas. Uma névoa branca, em estranhos formatos, estendia-se dos campos lavrados ao longo do caminho e atirava-se contra a carruagem aumentando o sobressalto de pressentimento daqueles que nela estavam sentados. Ficou mais escuro, os cavalos galopavam mais rápido, tudo flutuava.

Após o primeiro encanto, Rabi Arie caiu em torpor. Manteve os olhos abertos à força, pois, a qualquer momento, acreditava ele, o mestre poderia chamar seu nome a fim de com ele conversar sobre aquilo que ele ansiava. O Baal Schem, no entanto, permaneceu absorto, em muda concentração. Cerca de meia-noite ordenou que a carruagem parasse. Eles se detiveram diante de uma estalagem numa cidadezinha, junto ao caminho. O mestre imediatamente subiu as escadas para um quarto, no andar superior, no qual o hospedeiro lhe preparara um local de repouso. Os discípulos permaneceram juntos no espaço maior, no rés-do-chão. Uma criada preparou depressa as camas necessárias, estendendo alguns colchões e cobertas sobre os bancos, contra a parede. Todos se atiraram nelas exaustos e adormeceram.

Rabi Arie deitou-se junto aos outros, mas, tão logo seu corpo tocou o colchão, o cansaço alquebrado que o atormentara durante a viagem passou. Seus pensamentos voavam em turbilhão e seu constante desejo revolvia-se no centro deles. Com todo esforço atentou a cada som na casa. Agora, enquanto todos estavam adormecidos, iria o mestre chamá-lo ao seu quarto, na mais misteriosa hora da noite, a fim de conceder-lhe a revelação? Ficou, assim, deitado ardendo de febre e esperou o amanhecer.

Enquanto as sombras da noite empalideciam de um negro profundo para um cinza desbotado, deu-se conta de um rumor no assoalho acima e reconheceu o andar do mestre. Então, uma porta abriu-se e a quietude seguiu como antes. O pregador permaneceu deitado por um momento, à escuta; depois, a impaciência o dominou, esgueirou-se passando por entre os que dormiam e apressou-se a subir a escada, pois tinha certeza, agora, de que o Baal Schem, que sempre, após um curto sono, renovava as fontes de sua vida, havia deixado sua cama. E Rabi Arie imaginou que esta hora, nascida da noite para o dia nascente, seria propícia a seu pedido.

No último degrau da escada atingiu-o uma luz tão forte que ele retrocedeu cambaleando e agarrou-se ao corrimão, com os olhos fechados. Quando foi capaz de abrir a custo os olhos, percebeu o santo homem na abertura da porta de seu quarto, e o semblante do Baal Schem era o cerne daquele ardente brilho que o atingira um momento antes. Raios azul-prateados pareciam irromper de seus olhos. A visão era de tal ordem que um tremor de fraqueza dominou o pregador em todos os seus membros. Ele se arremessou ao chão do último degrau. Quando se atreveu a olhar de novo, a face de seu mestre parecia uma estrela empalidecente que a luz do dia esmaece. Após um instante, o Baal Schem o chamou pelo nome. Ele se ergueu e apressou-se em ir ao encontro do mestre com o rosto encurvado, lá arrojou-se ao solo, outra vez, e rompeu em lágrimas. "Meu amigo, o que deseja de mim a esta hora?" perguntou o Baal Schem. O pregador não achou uma só palavra para responder. "Não tema, levante-se!" o mestre o encorajou, ainda assim quando o rabi tentou falar, apenas um rouco balbuciar brotou de seus lábios. Então ele se ergueu perturbado e envergonhado e deixou o mestre. Encaminhou-se de mansinho em direção aos companheiros abaixo, que ainda aprisionados no fundo de seu sono matinal, não podiam ouvi-lo chegar, e procurou, de novo, sua cama. Tomou a refeição da manhã junto com os outros, sentou-se calado em meio à conversação, e não traiu por nenhuma sílaba o acontecimento da noite. O Baal Schem, porém, estava como sempre tranqüilo e no centro da vida.

Quando partiram, o mestre chamou o pregador e lhe disse: "Meu amigo, você pode sentar-se ao meu lado".

Assim viajaram dentro do dia barulhento e azafamado. Quando a cidadezinha ficou para trás e os campos da região estendiam-se até um distante bosque que se adensava ante o azul do céu, o Baal Schem inclinou-se para frente e olhou para dentro dos olhos de seu vizinho com um sorriso. "O motivo de sua vinda e de sua estada em minha casa me é conhecido", ele falou. "Você esperava que eu o iniciasse em meu saber para que seu ouvido, como o meu, se abrisse para a linguagem de todas as criaturas. É isso, eu sei, o que o trouxe a mim". Rabi Arie segurou a mão do mestre e pousou sua afogueada face nela, mas nenhum som de resposta saiu de seus lábios. O Baal Schem, porém, olhou para fora, sobre o tenro verde dos trigais, e o sorriso permaneceu em seu semblante. Depois de um tempo, ele falou de novo: "Sente-se próximo a mim e incline seu ouvido perto de minha boca: eu vou agora, na verdade, ensinar-lhe o meu saber. Mas, antes que eu o inicie no fundamento primal do mistério, é necessário que eu chame a sua atenção para um assunto que é do seu conhecimento. Considere, porém, que o que agora vou lhe dizer é somente o preparo para a revelação final.

"Você sabe da carruagem eterna que permanece na mais alta esfera do mundo superior. Em cada um de seus quatro cantos há a cabeça de uma criatura – um homem, um touro, um leão e uma águia. Essas quatro criaturas ocultam em si a raiz e a origem de tudo que ocorre, ganha alento e nasce como palavra no ser vivente do nosso mundo. Do semblante humano nos vem o espírito da fala que, aqui embaixo, trocamos em produto humano. Da cabeça do touro nos vem o significado dos sons dos animais que nos servem e se tornam úteis para nós; da do leão, o significado dos gritos que os bichos indomados e selvagens emitem, nas florestas e desertos, para chamar e atrair uns aos outros; mas, a cabeça da águia gera os sons da fauna emplumada com que o ar, sob o firmamento, está repleto.

"E saiba disso, meu amigo: aquele que é capaz de expandir sua alma a ponto de ela penetrar na esfera do mundo superior, onde está a carruagem, aquele que, então, contempla tudo com tanta clareza e profundidade que apreende o mistério das quatro criaturas da carruagem, para ele, o sentido de todos os sons da terra é revelado. Ele distingue a palavra falsa da verdadeira e o tom enganoso do sincero. Ele ouve as vozes debaixo da terra conversando nas noites quando, para o gênero humano o silêncio parece completo, e cada som parece ter se extinguido. As vozes dos animais, na terra, e dos pássaros, nos ares, trazem-lhe aqueles segredos para os quais os sentidos do homem são em geral insensíveis. Assim, para ele, o mundo nunca é silente. Este o assalta com todas as maravilhas; nada se apresenta rígido e nada se lhe nega, pois ele contemplou a origem na carruagem lá em cima. Mas, compreenda bem: o que vou agora lhe dizer é o âmago da revelação. Por isso, incline seu ouvido junto à minha boca e ouça-me com toda a sua alma. Abstenha-se neste momento de tudo que existe, exceto você e minhas palavras!" E, então, ele segredou ao Rabi Arie coisas sublimes e inauditas que os mistérios da carruagem e suas figuras lhe teriam desvelado. Parecia-lhe como se portal após portal se escancarassem diante dele, como se todas as sombras retrocedessem, tudo o que estava obscuro se aclarasse.

Enquanto estava assim sentado, encostado no mestre, com um ouvido próximo à boca do santo homem, imerso em ouvir, a carruagem enveredou por uma floresta. O caminho mal tinha largura para o imponente veículo e as agulhas dos ramos dos pinheiros roçaram em um dos ouvidos do pregador. Assim, ele viu sua atenção um pouco despertada pelo lugar e notou que os pássaros de todas as espécies executavam sua canção matinal da mais graciosa maneira. Logo distinguiu, bastante maravilhado, algumas palavras singulares e sentenças. O conjunto era uma grande conversação e tudo tinha um significado alegre e encantador. Aí, então, o pregador sentiu alegria e orgulho no coração e, ouvindo com avidez, mais além, logo distinguiu, também, as vozes de outros animais e o conteúdo de seu falar tomado de um agrado íntimo por sua maravilhosa capacidade. Uma coisa, entretanto, não o fazia, de modo algum, renunciar a outra, ao contrário, com seu outro ouvido atentava, não menos avidamente, à palavra do mestre e, assim, absorveu ambas com o espírito dividido.

A floresta clareou e já podiam divisar diante deles a cidade que era a meta de sua viagem. O Baal Schem havia terminado de ministrar seu ensinamento e lançou um olhar inquiridor ao pregador. "Você entendeu bem o que ouviu de mim?" perguntou-lhe após um momento.

Com os olhos radiantes Rabi Arie mirou confiante e replicou: "Sim, Mestre, eu entendi tudo muito bem!"

Então o santo passou a palma de sua mão levemente sobre a fronte dele.

Agora, o rabi esqueceu tudo, tudo o que a revelação do Baal Schem depusera em seu espírito. Ficou ali sentado, inconsolavelmente vazio e como que consumido pelo fogo, ouvia o chilrear dos pássaros nas fímbrias e o entendia tão pouco quanto sempre o entendera até aquele dia – não era nada senão um simples som de animal, sem significado! O Baal Schem, porém, sorriu e disse, "Ai de você, Rabi Arie, que possui uma alma gulosa! Não podia você abandoná-la inteiramente a mim, no momento em que eu queria lhe instilar a graça? Ai de você, meu amigo, que desejou se enriquecer em desmedida e às pressas! As maravilhas de Deus são para aqueles que podem concentrar-se em uma coisa e a ela resignar-se".

Soluçando, o pregador escondeu o rosto em suas mãos.

O CHAMADO

Rabi David Firkes, o silencioso, discípulo do Baal Schem, queria chamar o Messias para cá. Desejava provocar, por sua vontade, um tempestuoso vendaval que deveria sacudir os portões superiores, penetrar e chamar e prender e atrair para a terra. Desprendeu sua vida de todos os bens e posses, mortificou-se e viveu isolado por muitos dias e noites. Logo, porém, percebeu que estava só. Ele deveria falar pela geração, mas não se achava capaz de fazê-lo. Deveria mostrar sua maturidade, mas não a sentia. Longe dele estendia-se o acampamento dos homens.

Aí, Rabi David descobriu o que lhe cumpria fazer. A cada ano, no Dia da Expiação, ele era convocado para proferir a grande prece diante da comunidade. Agora, pela primeira vez, entendia o sentido disso. Sabia que carregaria nas asas de suas palavras o rogar de todos, a prece da comunidade e a prece de toda Israel – pois não é a casa do Baal Schem o centro da terra espiritual? E ele decidiu lançar sua palavra sobre o povo como uma poderosa rede de modo que todo o fervor das pessoas fosse levado embora de seus estreitos objetivos individuais e conduzido ao Messias. Ele queria aglutinar as almas de Israel numa hoste de luta. Sim, ele queria falar pela geração. Todas as palavras deveriam desaguar nas suas palavras e nele jorrar para o alto. Sim, ele queria anunciar a maturidade da geração. O múltiplo deveria amalgamar-se numa unidade que não conhece nenhuma imperfeição.

O Dia da Expiação chegou e a comunidade reuniu-se para a oração da manhã. Erguiam-se como mortos envoltos em mortalhas e preparavam-se para olhar no olho da eternidade. Só faltava o mestre. O Baal Schem era, em geral, o primeiro na casa de orações, como um guardião do portal de Deus. Hoje estava atrasado, e o grupo de seus seguidores o aguardava cheio de ansiedade, pois sabia que tudo o que ele fazia tinha seu significado no acontecer secreto do mundo. Quando a manhã já clareava em dia, o Baal Schem entrou suavemente e quase hesitante. Passou pela congregação e não olhou para ninguém, foi para o seu lugar, sentou-se e apoiou a cabeça sobre a estante para a reza. O povo de pé olhava para ele e não ousava começar a orar. Passado algum tempo, porém, ele levantou a cabeça, e seus olhos piscaram como alguém que se esforça em olhar para o sol; depois, abaixou e elevou a cabeça outra vez, e isso continuou por um tempo. Em seguida, espreguiçou-se como alguém que, acordando, deseja livrar dos seus membros um sonho que o envolveu, e acenou para que iniciassem a prece matutina.

Quando esta, porém, foi pronunciada e a comunidade se preparava com corações consagrados para a grande reza que é chamada de *mussaf*, o mestre olhou à sua volta num círculo e os viu de pé – um grande grupo, mudo, envolto em mortalha, pronto tanto para a morte como para a vida. E, suavemente, puxando palavra após palavra como que das profundezas da morte, perguntou àqueles que estavam postados à sua volta: "quem conduzirá a prece do *mussaf*?" E, apesar de suas palavras serem quase inaudíveis, no mesmo instante um assombro inflamou-se na comunidade e estendeu-se, silenciosamente, pela sala emudecida. Pois todos sabiam que esta era uma incumbência do Rabi David; ele fora designado pelo mestre, há muitos anos, para recitar como o servidor de Deus, em voz alta e sonora o elevado *mussaf*, no Dia da Expiação. De todos os corações trêmulos e de todos os lábios sussurrantes deveria carregar para o alto os desejos e as súplicas libertos da timidez dos corações e dos lábios. Não obstante, ninguém ousou responder ao santo homem.

Ele perguntou outra vez, e outra vez, até que uma pessoa falou de modo suave e hesitante: "Rabi David é ainda quem profere a prece!"

Então, o Baal Schem endireitou-se e voltou-se para a arca, diante da qual Rabi David estava parado, sobrenaturalmente pálido e como que morto, e dirigiu-lhe a palavra com imenso desdém: "Você, David, você quer conduzir a prece do *mussaf* ? Você nada sabe e você quer conduzir a prece do *mussaf* nos *Iamei ha-Kipurim*?"

Então, todos ficaram consternados, pois não entendiam o que estava acontecendo, e cada um se perguntava como era possível que o mestre pudesse maltratar um homem dessa maneira e, particularmente, no Dia da Expiação. Mas o temor era grande, e ninguém proferiu uma palavra. Rabi David, entretanto, ainda permanecia rígido e ereto diante da arca e sentia como se um ciclone o carregasse através da noite; punhos erguiam-se do rodamoinho e o golpeavam, gélidas garras arrancavam sua alma e a arremessavam na noite. Permaneceu assim perdido, no espaço vazio, e não tinha noção de nenhum tempo.

De súbito, porém, o vórtice retrocedeu e ele encontrou a si mesmo de pé diante da arca, e ouviu uma palavra do Baal Schem soando em sua direção. O Baal Schem falou com a voz clara: "Não há ninguém para conduzir a prece? Bem, então, afinal vai você, Rabi David!"

Aí, as lágrimas jorraram de seus olhos, ele chorou e chorou, e em meio as lágrimas começou a rezar em sentido pranto, e seu coração a despedaçar-se enviava-lhe lágrimas e, sempre, novas lágrimas. E as lágrimas carregavam com elas, em seu caudal, a disposição de Rabi David e sua grande vontade levando embora com elas a *kavaná* de seu espírito, o fruto de dias e noites, a tensão do infinito. Ele nada mais sentia e compreendia senão o sofrimento de seu coração e, da dor de seu coração, falou com Deus, rogou e chorou. E de seu sofrimento, o sofrimento da comunidade inflamou-se e flamejou para o alto. Aquele que havia estendido uma coberta sobre as máculas de sua alma, agora afastava-a e mostrava a Deus suas feridas como a um médico. Aquele que havia erigido uma parede entre ele e os homens derrubava-a e sofria a dor dos outros como sua própria dor. E aquele cujo peito estava pesado por não conseguir encontrar nele a palavra que impeliria para o âmago do destino agora a encontrava e respirava em liberdade.

Mas quando o dia santificado estava quase findo e os últimos tons solenes da *neilá* haviam se aquietado no anoitecer, Rabi David foi até o Baal Schem. Ficou assim postado diante dele, sem conseguir olhá-lo, e não viu o bondoso semblante próximo ao seu. Sentiu, apenas, que não podia mais se agüentar de pé, desmoronou diante do mestre, e ali permaneceu por um tempo em silêncio e desespero. Por fim levantou o olhar e falou penosamente: "Rabi, que pecado divisa em mim?"

Atrás dele a congregação havia se aproximado e todos esperavam a palavra do mestre; com olhos que a prece havia purificado e apaziguado eles miravam sua boca. "Eu não encontro pecado em você, rabi", falou o Baal Schem. Colocou as mãos nos seus ombros, inclinou-se sobre ele como um pai que abençoa seu filho, e disse uma segunda vez: "Eu não encontro pecado em você". E enquanto os outros olhares tristes e espectantes se elevavam até ele, prosseguiu: "Ó Rabi David, você se preparou e se santificou e banhou seu corpo no fogo da mortificação e entesou sua alma como uma corda de um arco de *kavaná*, a fim de chamar o Messias". Deteve-se, o outro curvou sua fronte, e o Baal Schem continuou: "Ó Rabi David, você queria lançar sua palavra sobre o povo de Israel como uma rede e colocar a seu serviço todos os desejos a fim de chamar o Messias".

A fronte curvou-se mais para baixo. "Ó Rabi David", falou ainda o Baal Schem, "pode você presumir que o seu poder possa tocar o intocável? E impelir-se adiante até onde está o imo dos céus e abraçar o trono do Messias, imagina você que possa segurá-lo como minha mão agarra seu ombro? Acima dos sóis, acima das terras, o Messias muda em milhares e milhares de formas, e os sóis e as terras amadurecem diante dele. Concentrado em sua mais alta forma, disperso em indizíveis distâncias, ele, em todos os lugares, cuida do amadurecimento das almas, do fundo de todas as profundezas, ele ergue as centelhas decaídas. Diariamente ele morre mortes silenciosas, diariamente ele jorra em silenciosos nascimentos, diariamente ele ascende e descende. Quando um dia a alma esbelta e perfeita palmilhar com solas limpas o terreno puro, então sua hora palpitará em seu coração, aí ele se despojará de todas as aparências das manifestações e sentará no trono, senhor das chamas do céu que das centelhas redimidas flamejam para o alto, e ele descerá e virá e viverá e concederá às almas o seu reino".

E o Baal Schem falou mais: "Você, porém, Rabi David, o que foi que você fez! Você queria lançar ambas, a sua pessoa e a comunidade de Israel, na noite para salvar a manhã. Mas você conhece o senhor da noite? Saiba que há sempre um que interroga o tempo e um que responde a partir do tempo. Um que quer dar e um que recusa aceitar. Este é o senhor da noite, designado para anunciar as carências do tempo. Quando ele viu que você se preparava e se santificava, uma grande alegria o inundou, e ele planejou agarrar a prece de Israel em sua prece e fazer dela seu brinquedo. Ele ficou à espreita de sua prece por todo o caminho para prendê-la. Esta manhã eu lutei com ele a fim de afugentá-lo, mas não tive poder sobre ele. Aí, eu afligi sua alma com a vergonha para que ela desistisse de seu desejo e explodisse em lágrimas. Sua prece ascendeu em meio às preces de Israel livre, para o alto, até Deus". Então a fronte de Rabi David curvou-se até o chão. Mas o Baal Schem ergueu-o, puxou-o para junto de si e disse: "Quando o seu pranto o dominou, o sofrimento de Israel inflamou-se com o seu sofrimento. Cada um postou-se diante de Deus no fogo purificador do seu coração sofredor, cada um tornou-se puro no caudal de suas lágrimas. Quantas centelhas caídas não terá você assim elevado!"

O PASTOR

Sempre que a luz envia seu mensageiro, a noite também envia o seu. A luz tem apenas seu olhar, mas a noite possui mil braços. O mensageiro da luz tem apenas sua ação, mas o da noite tem mil gestos.

Naquele tempo seu nome era Iakov Frank. Versado em todas as artes da trapaça, ele falsificava o mais sagrado, percorria com doze eleitos todas as cidades da Polônia e permitia que o venerassem como o Messias. O encanto colorido da mentira emanava dele, seus olhos suaves e brilhantes inebriavam a terra e cada coração vacilante se lhe rendia.

Certa manhã, o Baal Schem sentiu uma mão sobre o seu ombro e, quando se virou, viu o anjo da batalha com pálida fronte e semblante colérico. "O que deseja, ó Mestre?" perguntou com voz incerta.

Mas o outro disse: "Você sabe o quê", e se foi. Sua mão havia sido retirada do ombro do Baal Schem, mas um peso ficou e não quis abandoná-lo.

Então, Baal Schem preparou-se para a peleja. E, ao ver que a força que residia nele não seria suficiente para a tarefa, decidiu chamar de volta todos os raios que sempre conferira aos seres terrenos. Convocou os raios de bem longe, lançou um chamado sobre a terra e disse: "Voltem para casa, minhas crianças, pois preciso de vocês para a luta". Logo, os raios crianças acorreram para lá e o cercaram em amplo e silencioso círculo. Israel, o filho de Eliezer, o Baal Schem, mirou longe, na distância, onde uma esfera dos seus, iluminando-se com luz própria, encerrava outra, enquanto o sol poente contemplava sua imagem na fímbria do dia, derramado em todos os longes no fulgor do ocaso. Em seguida, falou baixinho e devagar: "Uma vez eu os expedi e lhes dei a dádiva de trazer consolo, ou alegria ou solução. Mas, agora, eu os chamo de volta para que sejam meus, outra vez, e me ajudem no grande conflito com o mensageiro da noite. Eu não os teria tirado dos lugares do mundo em que vocês se fixaram e despertam a vida se a redenção não estivesse em jogo e o nascimento do futuro. Agora, porém, eu os convoco".

Depois disso reinou de novo o silêncio sobre a terra. Por fim, uma pequena centelha falou: "Desculpe-me, Mestre, e todos vocês me desculpem por lhes falar sobre um assunto sem importância. Mas, é isto que eu gostaria de lhe pedir, querido Mestre, que me permitisse retornar ao meu lugar. Pois, quando me enviou para longe, o senhor me submergiu no coração de um jovem que mirava melancólico, de sua janela, um mundo que se fechava duramente para dele. Porém, a partir do momento em que eu nele penetrei, o mundo se lhe abriu, cheio de vida, e a colina diante de sua janela lhe pareceu verde, amarela, vermelha e branca, de acordo com o jogo das estações. O senhor o privaria disso?"

O Baal Schem calou e acenou a permissão à centelha. Mas, imediatamente, outras vozes se ergueram falando de homens que elas haviam libertado da dúvida e da vacuidade, da loucura e da amargura, da cegueira e da carência, e os quais, se elas os deixassem, teriam, outra vez, de mergulhar nas trevas. E logo, de mil bocas, soou pelo ar: "O senhor quer arruinar tudo o que redimiu?"

Assim soou mil vezes a pergunta. Durante longo tempo o Baal Schem permaneceu sentado ouvindo todos os ecos até que se perderam nas vibrações do ar. Aí disse sorrindo: "Então, bem, minhas crianças, eu as abençôo outra vez. Voltem aos seus lugares!" Levantou-se e estendeu sua mãos sobre a luminosa hoste.

Quando, em seguida, ficou só, e viu ao longe, na fímbria do firmamento, o último raio de ouro refluir ao mundo, o Baal Schem falou à sua alma: "agora busque para você mesma companheiras, querida alma, que estejam envolvidas e encerradas em seu trabalho como o pássaro que repousa no seu planar. Coloque sobre os ombros delas essa ordem e as guie contra o homem de mil gestos para que elas o vençam!" O Baal Schem ascendeu ao mundo superior e entrou no céu dos profetas. Lá encontrou Ahia de Schiló, o ancião, que outrora fora enviado pela divina ira contra os reis de Judá.

Ahia o saudou: "Abençoado seja aquele que aí vem, Israel, meu filho. Como no tempo em que você era um menino e eu descia até você, às noites, para lhe ensinar o mistério do fervor, assim se flameja até a mim, aqui no alto, o brilho de seu desejo".

"Muito do fervor do meu âmago foi sacrificado", replicou o Baal Schem, "e não me resta mais o suficiente para a tarefa. O meu desejo, que você percebeu por meus passos, é encontrar aquelas almas que respiram no seu fogo qual um serafim. Seu ardor deve consumir o mensageiro da noite."

"Aquela a quem você procura não está entre as almas de meu reino", disse Ahia. "Perguntemos a Elias. Em suas viagens sobre a terra ele pode bem ter visto uma como ela."

Dirigiram-se, pois, a Elias que, justamente então, com seus velozes pés alados atravessava o átrio do céu dos profetas, com os membros ainda tensos do vôo e no coração, no entanto, já a espera de um novo destino. Ao se aproximarem, voltou-se para eles. Ainda antes que a pergunta tivesse deixado os lábios deles, Elias falou ao Baal Schem: "Aquele a quem procuras é Mosché, o pastor. Ele pastoreia ovelhas nas montanhas que são denominadas de Poloninas". E Elias já se inclinando de novo para a terra preparava-se para uma nova viagem.

Ao sopro do verão, ondulavam-se os prados. O Baal Schem para lá se encaminhou calado e ensimesmado. Não deu atenção aos animais que saíram da mata com olhos confiantes, quando perceberam seus passos, nem aos ramos que acariciavam seus braços. Seus pés não sentiam o terreno em que pisavam. Assim, chegou ao prado da grande montanha que, começando atrás de uma larga vala, estendia-se para cima em direção ascendente ao cume da montanha. Nas amplas planícies, as ovelhas de Mosché espalhavam-se como um povo de leves nuvenzinhas brancas. Quando o Baal Schem avistou a pradaria, colocou-se atrás de um arbusto a fim de observar o pastor sem ser notado.

Viu um jovem de pé à beira da vala; os louros cabelos cobriam-lhe os ombros, seus olhos estavam bem abertos como os de uma criança. Uma vestimenta tosca envolvia seus membros musculosos. O jovem abriu a boca e falou. Embora ninguém estivesse à sua frente e ninguém estivesse à vista, perto ou longe, ele travava um diálogo com alguém. "Querido Senhor", ele disse, "ensine-me o que posso fazer por ti! Se tiveres ovelhas que eu possa guardar, eu cuidarei delas dia e noite sem querer soldos. Mostra-me o que devo fazer!" Então o fosso d'água encheu-se à sua vista. Imediatamente o jovem ergueu-se e com braços nos quadris e pés unidos começou a saltar sobre a vala. Esta era larga, cheia de lama e toda cambada de coisas, e o saltar custou ao rapaz bastante suor. Ainda assim não desistiu nem se deteve numa das margens, porém, continuou a pular de um lado para o outro dizendo de permeio, "por amor a ti, Senhor, e para o teu agrado!" Só de vez em quando interrompia esse ato para cuidar das ovelhas que, entrementes, haviam montado todas muito alto, na encosta, e dirigia palavras carinhosas para os animais. Depois tornava a correr para a vala.

Por um longo tempo o Baal Schem observou isso e pareceu-lhe que esse serviço era maior do que todos os que ele jamais oferendara a Deus, com dedicação d'alma. Enfim, saiu de seu esconderijo, aproximou-se de Moschè e falou: "Eu tenho uma palavra a lhe dizer".

"Não me é permitido ouvi-lo", replicou o pastor, "pois meu dia pertence àquele que me contratou".

"Eu acabei de ver você saltando sem medir o tempo", disse o mestre.

"Isto eu faço por amor a Deus", replicou o pastor, "e por Ele eu posso perder um momento."

O Baal Schem, porém, pousou sua mão amistosa sobre o braço do rapaz: "Amigo, eu também vim até você por amor a Deus".

Logo os dois estavam sentados debaixo de uma árvore e o santo homem falava de sua preocupação enquanto, próximo a ele, o pastor ouvia com a alma estremecida.

O Baal Schem falou da solidão de Deus e de Seu esplendor, que está exilado no destino do mundo imperfeito. Ele contou como todas as criaturas sofrem com essa separação e trabalham para sua reunificação. "É como se o mistério da eternidade já estivesse próximo", ele falou, "e esperando para se completar. Mas o outro lado que se opõe à unificação do céu e da terra enviou, uma vez mais, seu mensageiro para impedi-lo. Em licenciosa escuridão ele se insinua por entre o mundo dos homens e os desencaminha para a aparente luz de redenção".

Quando o Baal Schem falou do mensageiro, o pastor levantou-se de um salto e bradou: "Mestre, onde está esse homem de quem o senhor fala? Pois não pode acontecer que ele sobreviva após o momento em que eu o encontrar!" No entanto, o mestre lhe ordenou que se calasse e começou a instruí-lo para a peleja.

O demônio adversário, porém, pairava invisível nos ares e ficou ciente da aliança entre os dois. E, como lhe fora concedido o dom de ver por dentro dos acontecimentos, ele compreendeu o significado do diálogo entre o velho e o jovem, nesse prado, na orla da floresta. Estendeu-se por sobre o mundo e com terrível poder sorveu rapidamente todo o mal que medrara naquele dia. Depois disso, abriu caminho para o reino superior e reclamou com palavras estridentes seu direito sobre os tempos. Então, veio do centro inominado da solidão uma voz que estava cheia e repleta de tristeza. O demônio caiu para trás de pavor. Mas a voz disse: "O momento é seu e, sempre, apenas o momento, até que um dia o saber o subjugue e você mergulhe em minha luz, porque você não mais suporta ser o senhor do momento". A voz emudeceu. O demônio, porém, livrou-se dos grilhões do saber, baixou rapidamente, agarrou as nuvens e as amassou com punhos furiosos. Despertou o vento da tempestade, ordenou ao trovão ribombar e libertou os raios para o trabalho. O fogo caiu sobre a cidade, e os sinos repicaram.

Quando Mosché, o pastor, ouviu os toques e repiques, interrompeu as palavras sagradas e pensou em seus animais, que estavam dispersos e desprotegidos no alto da montanha durante a comoção dos céus. Ele se levantou de um salto e com rápidas passadas correu para cima, ao encontro de suas ovelhas para atrair de volta as desgarradas com palavras carinhosas e não deu a menor atenção ao santo homem e a seu aviso.

Vagarosamente, com a cabeça e o olhar inclinados para a terra, o Baal Schem desceu. Quando parou no vale, sentiu um braço ao redor de seu pescoço. Ao se voltar, viu o anjo com rosto resplandecente que agora também colocou o outro braço ao redor de seu pescoço e o beijou. Ele reconheceu o príncipe da morte e do renascimento.

GLOSSÁRIO

ACUSAÇÃO DE CRIME RITUAL: veja BILBUL.
AGADÁ: literalmente: relato, informação. Termo genérico que designa as partes narrativas, interpretativas e instrutivas do *Talmud;* mas é também utilizado para nomear uma porção individual que seja considerada desse tipo. De maneira similar, as partes não agádicas do *Talmud* são chamadas *halakhá,* do hebraico: "andar"; "o caminho"; "a via"; daí, "lei", norma religiosa.
AHIA DE SCHILÓ: segundo o relato bíblico, este profeta, que viveu na época de Salomão e Jeroboão, foi o mestre do Baal Schem. Quando este ainda era jovem, Ahia teria descido do céu para instruí-lo nos mistérios.
ANO NOVO, FERIADO DO: veja ROSCH HA-SCHANÁ.
ARCA SAGRADA: veja ARON-HA-KODESCH.
ARON-HA-KODESCH: relicário acortinado, na parede oriental das casas de orações e das sinagogas, em que ficam guardados os rolos da Torá que são lidos e utilizados para os serviços religiosos e as leituras canônicas das porções semanais. Simbolicamente representa a bíblica "Arca do Pacto", que constituía o santo dos santos no Santuário em Jerusalém, exatamente como os membros da congregação, presentes às preces, representam o serviço sacrificial.

O precentor ou o chantre (hebraico: *Schaliakh Tzibur*, literalmente: 'emissário da congregação') diz as preces de pé num púlpito situado em frente ou próximo da Arca. Os suplicantes de especial devoção rezam diante da Arca aberta.

BANHO DE IMERSÃO: veja MIKVÁ.
BANHO RITUAL: veja MIKVÁ.
BEATO E DISCÍPULO: veja HASSID.
BÊNÇÃO: veja BRAKHÁ.
BET HAIM: "Casa da Vida", expressão hebraica para designar o local da última morada, também "Moradia Eterna", em hebraico *Bet Olam*.
BILBUL: confusão, conseqüentemente: falsa acusação, especificamente: acusação de crime ritual.
BRAKHÁ: em muitas ocasiões e atividades do cotidiano, em especial antes de comer ou beber, devem ser recitadas bênçãos, de vários tipos, cuja abertura, no entanto, é constante: "Bendito sejas Tu, Ó Senhor (nosso Deus, Rei do Universo)", qualquer que seja a segunda parte adaptada ao ensejo. Uma bênção pronunciada fora da ocasião prescrita ou sem ser seguida pela atividade para a qual é intencionada, é uma "bênção vã" (hebraico: *Brakhá levatalá*), sendo tida como uma violação do Terceiro Mandamento (Êx. 20:7). Veja também DEZOITO BÊNÇÃOS.
CABALA: literalmente: "o que foi recebido pela tradição" ou, de modo mais preciso, "conhecimento para ser transmitido somente pela palavra oral." É o termo usado para os ensinamentos secretos judaicos, sobretudo em suas formas medievais. Provenientes de antigas tradições místicas, alimentada nas fontes gnósticas, a Cabala desenvolveu-se em sua forma final na teologia mística do judaísmo. Lutou para alcançar a coerência de um sistema que interpretava este mundo pela perspectiva de um mundo superior. Do século XVI ao século XVIII, a Cabala manteve sua posição como a teologia dominante do judaísmo, proporcionando por esse meio, em larga medida, o fundamento teórico do Hassidismo, que se valeu em especial da Cabala posterior, na assim chamada de versão Luriana, cuja denominação se refere ao principal expoente da Escola de Safed, Rabi Itzkhak Lúria.
CARRUAGEM: veja MERCABÁ.
CEMITÉRIO: veja BET HAIM.
CENTELHAS: veja NITZOTZOT.

CHIFRE DE CARNEIRO: veja SCHOFAR.
CIDRA: veja ETROG.
DEUS ÚNICO: veja ELOHIM.
DEZOITO BÊNÇÃOS: veja SCHMONE ESREI.
DIA DA EXPIAÇÃO: veja IOM KIPUR ou AMEI HA-KIPURIM.
DIAS DE JULGAMENTO, DIAS DE PERDÃO: veja IAMIN NORAIM; também ver ROSCH HA-SCHANÁ.
DIAS DE PENITÊNCIA: veja ROSCH HA-SCHANÁ.
DIAS TERRÍVEIS: veja IAMIM NORAIM.
ELOHIM: nome bíblico para o Deus Único. Na sua forma gramatical, a palavra é o plural de um substantivo que, mesmo no singular, significa "Deus". Apesar de sua forma plural, *Elohim* é usualmente tratado do ponto de vista gramatical como singular quando se refere ao Deus Único. Essa designação singular e plural, cuja origem e importância para a história das religiões ainda não foi esclarecida, se faz, na vivência religiosa do crente, um mistério profundamente significativo. Os "Nomes" de Deus são Suas manifestações, Seus "modos de ação" (*midot*). Entre estes, o nome *Elohim* denota os "modos" de poder e julgamento, ao passo que o inefável Nome, representado pelo tetragrama YHVH , expressa o "modo" de perdão e compaixão.
ESTUDO, ENSINAMENTO: veja TALMUD.
ETROG: "O fruto das excelentes árvores" (Lev. 23:40), a cidra (amiúde identificada como "a maçã de ouro"), sobre a qual uma bênção é pronunciada no oitavo dia da festa de outono, o *Sucot* (a Festa das Tendas ou dos Tabernáculos).
FILACTÉRIOS: veja TEFILIM.
GE HINON: o "vale de Hinom", próximo de Jerusalém. De acordo com Reis II 23:10, era este o vale onde o culto de Moloch (denominado incorretamente) tinha lugar. Mais tarde, o nome deste local passou a designar o "inferno" (*Geena,* em grego).
GRANDE CONFISSÃO: no Dia da Penitência, as Dezoito Bênçaos ("dezoito", neste caso, apenas em sentido simbólico) incluem a Grande Confissão dos Pecados. Ela é de início dita em silêncio pelos fiéis, mas, depois, durante a repetição em voz alta da Prece pelo *hazan,* a Grande Confissão é pronunciada, solenemente, em uníssono pelo precentor e pela congregação.
GUILGUL-HA-NEFESCH: (*Guilgul,* i.e., ciclo): doutrina da transmigração de almas, desenvolvida na Cabala sob influências orien-

tais, sistematizada mormente por Itzkhak Lúria e colhida nessa fonte pelo Hassidismo. De acordo com essa doutrina, as almas, separadas de seus corpos pela morte, entram em novos corpos, não somente humanos, mas também animais, vegetais, ou minerais. A alma pode também entrar em um corpo que já tem uma alma (*Ibur*, literalmente, "impregnação", "sobreposição de almas"), às vezes de maneira benéfica, apenas com a finalidade de executar uma ação particular, mas, amiúde, de maneira demoníaca, como um *Díbuk* ("aferrando-se") e produzindo assim a "possessão".

HAHAMIM: designação dos eruditos da Palestina e da Babilônia que tomaram parte na transmissão e desenvolvimento dos ensinamentos do *Talmud*, entre o I e VI séculos da nossa era (denominados em hebraico *Rabanan*, "nossos mestres", ou apenas *Hahamim*, "sábios").

HASSID (plural: *hassidim*): na linguagem bíblica, *hessed* é a amantíssima bondade de Deus para com Sua Criação, mas também o amor sincero e devotado do homem a Deus e a seus semelhantes (ambos são da mesma natureza). Somente nesse sentido abrangente pode o *hassid* significar "pio". No judaísmo pós-Exílio surgiram, repetidas vezes, grupos de pessoas que se autodenominavam *hassidim*. Tinham em comum o fato de que desejavam consumar seu pietismo, a sua relação com o Divino, na vida terrena. Esse esforço se manifesta em especial no movimento hassídico fundado pelo Baal Schem.

HOMEM DO SENHOR: Profeta Samuel; veja I Sam. 9:6 ss.

IAKOV FRANK (1726-1791): auto-proclamado Messias, que conquistou por algum tempo numerosos adeptos, sobretudo entre os judeus da Polônia. Após veementes controvérsias com os expoentes do judaísmo, Frank converteu-se à fé cristã e, com ele, muitos de seus adeptos. Mesmo depois de tê-lo feito, a seita manteve o seu caráter, cessando de existir de forma organizada somente após a morte do pseudomessias.

IAMIM NORAIM: também chamado de Dia do Julgamento; veja ROSCH HA-SCHANÁ.

INSTRUÇÃO: veja TORÁ.

IOM KIPUR ou IAMEI HA-KIPURIM: antigamente, o dia em que o bode expiatório era enviado ao deserto (Lev.16) e o sacrifício ritual executado pelo Sumo Sacerdote. Nos escritos talmúdicos, *Iom Kipur* é com freqüência denominado simplesmente de "O Dia", porque nesse dia o processo de volta e regeneração da alma iniciado em ROSCH HÁ-SCHANÁ, a festa do Ano Novo, atinge seu ápice e conclusão. É o dia da confissão dos pecados e da purificação, o dia do jejum estrito desde uma véspera à outra. O serviço da sinagoga perdura da manhã até à noite. Os fiéis permanecem de pé, descalços, vestidos de batas brancas que parecem mortalhas. Antes do Dia Santo todos os homens devem perdoar uns aos outros, porque nesse dia somente são expiados os pecados cometidos pela criatura humana contra Deus, e não o que ela pratica contra seus semelhantes.

ITZKHAK LÚRIA (Rabi Itzkhak Aschkenazi [Lúria], também chamado "Ari", i.é., Leão, pela inversão das iniciais de seu título e nome): Itzkhak Lúria, em torno de cuja figura se teceram numerosas lendas, foi o principal mestre da Escola de Safed da Cabala. De origem asquenazita, nasceu em Jerusalém em 1534 e morreu em 1572, em Safed, onde passou os últimos anos de sua vida. Veja também LIVRO DE PRECES.

JUSTO: veja TZADIK.

KEDUSCHÁ: literalmente, "santidade"; daí, "santificação". Denominação da prece responsiva entoada pelo e entre o precentor (*hazan*) e a congregação, estando inserida no serviço ao serem recitadas as Dezoito Bênçãos pelo precentor, antes da terceira Bênção. Essa oração baseia-se nas visões de seres celestiais pelos Profetas Isaías e Ezequiel – "Santificaremos Teu Nome no mundo assim como eles O santificaram no mais alto céu". As principais porções da *Keduschá* são: Is. 6:3b (*Triságio*) e Ez. 3:12b; acrescentam-se versículos retirados dos Salmos e do Pentateuco. A *Keduschá* não é proferida por fiéis individualmente, mas unicamente pela congregação como um todo. É uma porção particularmente sagrada do serviço sinagogal, cantada em voz alta, "com tremor e com temor."

KHUPÁ: a cerimônia nupcial judaica é oficiada a céu aberto sob um dossel armado sob quatro suportes. No giro coloquial, o termo *Khupá* tornou-se sinônimo de "casamento".

KIDUSCH-HA-SCHEM: "Santificação do Nome", termo que designa todo ato piedoso praticado pelo judeu devoto a fim de ajudar o estabelecimento do reino de Deus na terra.

KITEL: são os trajes do morto, uma simples bata branca de algodão, chamada *kitel*, e um solidéu branco são confeccionados para o jovem judeu na época de seu casamento. Em muitas regiões, é costume envergá-los pela primeira vez para a cerimônia nupcial. O homem usa-os em certas ocasiões, em especial durante os serviços sinagogais no Dia do Ano Novo e no Dia da Expiação. O corpo do extinto é estendido em sua sepultura vestido nesses trajes e envolvido em seu xale de orações.

KOL NIDREI: "Todos os meus votos", palavras que abrem, na véspera do *Iom Kipur*, a fórmula solene de liberação dos votos que não foram ou não podem ser cumpridos.

LADO DO PERDÃO – LADO DO JULGAMENTO: ver ELOHIM.

LETRAS DO ALFABETO COMO ELEMENTOS DO MUNDO: os primórdios dessa doutrina já se encontram no *Talmud* – "Bezalel sabia como combinar as letras com as quais céu e terra foram criados." *Brakhot* 55. Mais tarde, essa doutrina foi elaborada no *Sefer Ietzirá* (Livro da Criação), obra básica do misticismo judaico dos números e das letras, sendo posteriormente transportada para as obras cabalísticas.

LIVRO DE PRECES: veja SEDER-HA-TEFILOT.

MAGUID: pregador.

MASCHIAKH: "O Ungido", por Deus para ser rei do mundo no final dos tempos. Trará o fim ao exílio de Israel e administrará o reino de Deus, que então há de ser estabelecido no mundo.

MATZÁ: pão ázimo consumido durante os oito dias da festa da primavera do *Pesakh*, comemorativa do Êxodo do Egito, a festa judaica da Páscoa. O preparo das *matzot* é feito com muitos cuidados e consagração especiais.

MENSAGEIRO DO MESSIAS: *i.e.*, o Profeta Elias: de acordo com as lendas judaicas, das quais ele se tornou a figura mais proeminente, o Profeta Elias, que foi carregado para o céu, é o mensageiro constante que Deus envia à humanidade. Está presente em toda inserção de um menino judeu ao pacto de Israel com Deus. Está presente, também, em toda mesa do *Seder*, na véspera do *Pesakh*, comemorando o grande Ato do Pacto, a libertação do Egito. No *Seder*, uma taça especial de vinho é posta à parte, para o Profeta. Ele dá ajuda na necessidade, orientação na incerteza, e como precursor do Messias, como mensageiro do despertar e da convocação, é destinado, em tempos vindouros, a preparar a humanidade morosa para o advento do Messias. Compartilhar da aparência visível de Elias e de sua mensagem significa a verdadeira iniciação de uma pessoa nos mistérios do Ensinamento.

MENSAGEIRO DO PACTO: veja MENSAGEIRO DO MESSIAS.

MERCABÁ: a partir da visão de Deus em Ezequiel, capítulo I, o mistério do Trono Universal de Deus foi simbolizado, desde os tempos talmúdicos, pela imagem mística da Carruagem. (No *Talmud* o ensinamento esotérico do Trono de Deus é denominado *Maassé Mercabá*).

MESBITZ: pronúncia ídiche da cidade de Miedziborz na Volínia. Residência do Baal Schem depois de haver completado seus anos de errância.

MESSIAS: veja MASCHIAKH.

MESTRES: veja RABANIM..

MESTRES DO TALMUD: veja HAHAMIM.

MIKVÁ: a fim de recobrar a "pureza", a imersão em água corrente é a forma prescrita em muitas instâncias (Lev. 15:5s.; Num. 19:19; Deut. 23:12). O Sumo Sacerdote devia purificar-se no banho ritual antes de ministrar o seu sacerdócio no Dia da Expiação. Os *hassidim* reinstituíram a imersão em seu caráter de símbolo primal de renascimento. A imersão ritual, nessa interpretação, foi parte da prática cabalística que a tomou de tradições antigas, sobretudo a dos Essênios e dos Hemerobatistas. Os *tzadikim* (veja *tzadik*) praticavam a imersão com uma elevada e jubilosa paixão, que não era de natureza ascética. O significado desse fervor fica manifesto nas palavras de um *hassid* segundo a qual "a imersão ritual poderia ser substituída por um ato espiritual, o de rejeitar a corporeidade."

MINKHÁ: originalmente um tipo especial de oferenda (Lev. 2), posteriormente a prece da tarde que substituiu a oferenda da tarde (Ezra 9:4).

MORTALHA: veja KITEL.

MUNDO VINDOURO: veja OLAM HA-BÁ.

MUSSAF: "adição"; originalmente a oferenda especial adicionada no *Schabat* e nos dias santificados; mais tarde, a seqüência de preces que substituía essa oferenda, pronunciada, nesses dias, após a usual Prece Matutina.

NEILÁ: "fecho"; as preces finais do Dia da Expiação, proferidas "quando o sol se põe sobre a copa das árvores", enquanto o portão celestial do Julgamento e Perdão se fecha."

NITZOTZOT: de acordo com uma antiga interpretação (*Bereschit Rabá* sobre Gên. I:5 e I:31), Deus criou e rejeitou muitos mundos antes de criar o nosso. É o que se pensava estar indicado no versículo: "E Deus viu tudo que Ele havia feito, e contemplou, e estava muito bom." Mas só a Cabala deu a essa pré-Criação um significado mais amplo do que o do aperfeiçoamento gradual. Durante "a quebra dos vasos", isto é, dos mundos caóticos anteriores incapazes de conter a abundância divina, as Centelhas Sagradas "caíram dentro das conchas", isto é, dos invólucros divisores, obstruidores, demoníacos que por si só são o "mal". Mas elas caíram a fim de serem de novo elevadas: aqueles mundos vieram à existência e cessaram de existir para que o homem possa trabalhar em prol da Redenção.

NONO DIA DE AB: veja TISCH'A BE AB.

OLAM HA-BÁ: o tempo inaugurado pela chegada do Messias.

PÁLIO NUPCIAL OU DOSSEL NUPCIAL: veja KHUPÁ.

PÃO ÁZIMO: veja MATZÁ.

PRECE DA TARDE: veja MINKHÁ.

PREGADOR: veja MAGUID.

PRESENÇA DIVINA: veja SCHEKHINÁ.

RABANIM: plural de *Rav* (mestre), assim como de Rabi (literalmente, "meu mestre"). Ambos os termos, *Rav* e Rabi, constituem títulos de guias, mestres ou autoridades religiosas. *Rav* designa também juiz religioso, Rabino (nosso mestre) e Rabi, em geral, constitui a nomeação dispensada a um líder religioso de uma congregação, de um grupo, ou de uma seita judaica, sendo uma forma mais pessoal de tratamento. Entretanto, as funções do *Rav,* do Rabi e as do Rabino podem, por vezes, ser executadas pela mesma pessoa.

RABI: veja RABANIM.

RABI AKIBA: foi um dos mais influentes e também mais celebrados pela lenda dentre os primeiros mestres do *Talmud*, sendo o verdadeiro fundador da *Mischná*. Ajudou Simão bar Kokhba, o "Filho da Estrela", em sua grande revolta dos judeus (132-135 d.C.) contra o imperador de Roma, Adriano, e morreu como mártir.

RELATO: veja AGADÁ.

REPASTO: veja SEUDÁ.

RETORNO DAS ALMAS: veja GUILGUL-HA-NEFESCH.

ROSCH HA-SCHANÁ: literalmente: "Cabeça do Ano": primeiro dos dois dias que compõem a celebração judaica do Ano Novo. A data ocorre entre a primeira semana de setembro e a primeira semana de outubro e comemora a constante renovação do mundo – criado por Deus neste dia, conforme a tradição – e da alma do homem em processo de auto-exame e de retorno a Deus, de julgamento e perdão. Esse processo começa no primeiro dia e termina dez dias mais tarde (ao final dos "Dez Dias de Penitência" ou "Dias Terríveis") no *Iom Kipur*. Na escola do Grande *Maguid* (Dov Baer de

Mesritch, o mais importante discípulo do Baal Schem), *Rosch ha-Schaná* era chamada a Cabeça do Ano, por ser o momento da concepção da Criação. *Iom Kipur* era denominado de Coração do Ano, por ser o momento da realização elementar. Antes desse período festivo, os mais zelosos dentre os discípulos de um *tzadik* costumavam viajar até a cidade em que o seu mestre morava a fim de ficar junto dele durante as horas sublimes.

SÁBADO: veja SCHABAT.
SANTIFICAÇÃO: veja KEDUSCHÁ.
SANTIFICAÇÃO DO NOME: veja KIDUSCH-HA-SCHEM.
SCHABAT: observado do pôr-do-sol da sexta-feira até o pôr-do-sol do sábado, muitos judeus devotos encerram seu trabalho antes do início do *Schabat* e, depois de tomarem o banho ritual e vestirem um traje festivo, preparam-se em silenciosa meditação para receber a "noiva" ou a "rainha". Ao cair da noite, a congregação reúne-se para a oração do entardecer, a fim de "receber o *Schabat*" (*Kabalat Schabat*). O simbolismo da noiva está presente no cântico que o coro entoa, "Vem, amado meu, encontrar a tua noiva; vamos dar as boas-vindas ao *Schabat*." O serviço da tarde é seguido pelo primeiro dos três tradicionais repastos sabáticos. Começa pelas bênçãos sobre o vinho, o pão e o *Schabat* (*Kidusch*; na verdade, santificação). O segundo repasto segue o serviço matinal, que inclui a leitura da porção semanal da Torá e dos Profetas e se estende pela prece do *Mussaf*. O "Terceiro Repasto", logo após o serviço da tarde (veja *Minkhá*), foi desenvolvido pelos *hassidim* de maneira especial. É um repasto comunal feito à mesa do *tzadik*. Assim, ele se tornou o centro cristalizador da vida hassídica comunitária, efetuando a renovação. O ponto alto do "Terceiro Repasto" é o ensinamento da Torá pelo *tzadik*, recebido com fervor por seus discípulos. A cerimônia da "separação" (*havdalá*) conclui o *Schabat*. Nessa cerimônia – para colocar como que à prova, a distinção entre uma percepção sensível e outra –, é pronunciada de primeiro a bênção sobre o vinho e depois a das especiarias, aspiradas e passadas à volta, na "caixa de *Besomim*" (o receptáculo das especiarias); então, após contemplar as unhas à luz da vela, uma pessoa profere a bênção sobre a chama. A cerimônia termina com o louvor a Deus "que faz a distinção entre o sagrado e o profano". Os *hassidim* acompanham isso com o "Repasto do Adeus à Rainha", que é seguido de cânticos e danças. No *Schabat* é proibida

qualquer espécie de trabalho. O conceito de "trabalho," porém, é ampliado para incluir até atividades que não exijam esforço particular, tais como acender ou utilizar o fogo, o uso de qualquer meio de transporte, e até andar além de uma certa distância da casa de uma pessoa (o *Tekhum Schabat*, "limite do *Schabat*").

SCHEKHINÁ: "morada", a "glória" de Deus, a Presença Divina no mundo. O Divino Ser que não habita no mundo mas repousa inteiramente em si mesmo é denominado *Elohut*, "Divindade", que é o lado Divino de Deus, de forma alguma compreensível pelo homem. A *Schekhiná*, a Morada de Deus no mundo, é também o sofrimento de Deus com o mundo. Ela segue seu povo no escuro reino do exílio; junto com Israel, a *Schekhiná*, também, sofre o exílio. O homem que dentro de si alcança unidade entre a esfera do pensamento e a da ação trabalha em favor da unificação entre o reino do pensamento e o da ação, isto é, entre Deus e Sua Criação, lugar no qual Ele permite que Sua *Schekhiná*, Sua Glória, habite.

SCHIMON BEN IOKHAI: um mestre que viveu no século II de nossa era e foi glorificado por muitas legendas, tendo sido elevado pelos cabalistas à estatura de sua figura central. A ele se atribui a autoria da mais importante obra cabalística, o *Zohar*. Sentenciado à morte pelos romanos por sua crítica aberta e franca, viveu por muitos anos, com seu filho, escondido em uma caverna. Mais tarde, fixou-se na isolada cidade de Meron (perto de Safed), nas montanhas da Galiléia, onde ensinou e veio a falecer. Lá, ainda existe sua sepultura. Mesmo hoje em dia ela é visitada por peregrinos de todas as regiões do país no dia do aniversário de sua morte, que é comemorado com uma entusiástica festa popular.

SCHMONÉ ESREI: *i.e.*, Dezoito, são as Dezoito Bênçãos, também simplesmente *Tefilá* (prece), uma das mais antigas porções do *Sidur*, o Livro de Preces. Essa oração é repetida em cada serviço, de manhã, à tarde e à noite. É recitada individualmente pelo fiel, em silêncio (pois, de acordo com o *Zohar*, deve ser ouvida somente pelos anjos incumbidos de receber as preces – por isso, denominados "Orelhas" – isto porque, se a prece for captada por ouvidos humanos, ficaria impedida de ascender), e não deve ser interrompida por nenhuma palavra profana. Mais tarde, é repetida pelo precentor (para o benefício daqueles que não estão familiarizados com essa prece).

SCHOFAR: chifre de carneiro que é soprado na sinagoga, especialmente em *Rosch-ha-Schaná*, em memória da revelação sobre o Monte Sinai

(Êx. 19:16), em antecipação ao Juízo Final (Sofonias 1:16), para o despertar das almas e como um chamado a Deus. Do mesmo modo, a expectativa do Messias está ligada à crença de que ao tempo de sua chegada "O Grande *Schofar*" despertará e reunirá "os exilados dos quatro cantos da terra". Daí porque na nona, das Dezoito Bênçãos ditas nas preces diárias, lê-se o seguinte: "Seja o grande chifre para nossa liberdade, levanta a insígnia para reunir nossos exilados e nos reúne dos quatro cantos da terra. Bendito sejas tu, ó Senhor, que reúnes os banidos de teu povo Israel."

SEDER-HA-TEFILOT: *i.e.* Ordem das Preces, também denominado abreviadamente de *Sidur*, ou seja, Ordem: compilação das preces diárias na ordem prescrita. Embora as várias edições do Livro de Preces apresentem apenas leves modificações no texto efetivo das preces (aquelas que ocorrem se devem às diferenças regionais ou ao uso congregacional), surgem consideráveis divergências por causa da prática de acompanhar o texto com explicações e *Kavanot*, isto é, diretivas de intenção religiosa. O Livro de Preces do Rabi Itzkhak Lúria contém *Kavanot* da edição luriana, que são altamente consideradas pelos *hassidim*.

SEUDÁ: "Repasto sagrado", "Terceiro Repasto", "Repasto de Ensino". O terceiro dos repastos sagrados ingeridos durante o *Schabat*.

SOFER: escriba.

TALIT: xale retangular de oração ou manta que lembra uma toga (originalmente era uma vestimenta exterior oriental), em cujas quatro pontas são costuradas as franjas prescritas, os *Tzitzit (*Num. 15:37ss.), e que, em todo ato ritual ou serviço religioso da fé judaica, deve envolver o fiel para a reza.

TALMUD (Estudo, Ensinamento): coleção canônica dos "ensinamentos orais", que foi compilada durante os primeiros séculos da Era Comum e foi transmitida em duas versões (ver abaixo). O judaísmo sustenta que, junto com o "Ensinamento escrito" contido na Bíblia, um "Ensinamento oral" também foi revelado, o qual, desde o tempo de Moisés em diante, foi passado pela palavra oral de geração em geração. Cada geração, porém, tem que readquirir essa tradição oral por si mesma, conferindo-a constantemente com o texto da "Escritura" (para cuja interpretação do teor dos ensinamentos orais foram desenvolvidos métodos especiais). A primeira e mais antiga parte do *Talmud* é a *Mischná*, literalmente, "revisão", daí "instrução" em geral. Esta foi compilada e editada entre o último quarto do primeiro e o fim do segundo século da Era Comum, e está redigida em hebraico. A segunda, de longe a parte mais extensa do *Talmud*, é chamada de *Guemará* (literalmente "completamento", o estudo concluído). A *Guemará* discute e comenta a *Mischná*. Duas versões da *Guemará* chegaram até nós: o *Talmud* de Jerusalém e o *Talmud* da Babilônia, muito mais volumoso. Ambos foram compilados até o sexto século da Era Comum, o primeiro escrito em aramaico ocidental e o último em aramaico oriental.

TEFELIM: cubos contendo quatro textos da Torá escritos em tiras de pergaminho. Simbolizando o Pacto com Deus, tais cubos são presos por correias em torno do braço esquerdo e sobre a testa, para as rezas da manhã nos dias da semana, como determina o Deut. 11:18. No *Schabat* e nas festas, tal testemunho não é necessário.

TISCH'A BE AB: este dia, que ocorre entre meados de julho e meados de agosto, comemora a destruição do Primeiro Templo por Nabucodonosor e a do Segundo Templo por Tito. É um dia de luto e jejum. Nos serviços de sinagoga recitam-se as Lamentações, atribuídas ao Profeta Jeremias. Todas as luzes são apagadas, exceto uma para o precentor. Os fiéis sentam-se no chão, tiram os sapatos, como pessoas em luto. De igual modo, fazem uma leve refeição final na véspera do jejum, enquanto permanecem sentados no chão, em silêncio.

TODOS OS MEUS VOTOS: veja KOL NIDREI.

TORÁ: "Instrução", Ensino, Lei (que preservou "pela escrita" e que foi legada "pela palavra proferida"). Como livro, a Torá significa o Pentateuco. Divide-se em porções semanais a serem lidas perante a congregação. Cópias do Pentateuco, escritas a mão em pergaminho, são conservadas na "Arca Sagrada". Esses rolos consistem de tiras de pergaminho, de muitos metros de comprimento e presas com seu lado estreito a um pólo em volta do qual o pergaminho escrito é enrolado.

TZADIK (homem justo, o provado, o perfeito): na Bíblia essa palavra denota o homem perfeito em retidão. Na Cabala, o *tzadik*, na interpretação de Prov. 10:25 ("o provado é o fundamento do mundo"), foi elevado como mediador entre Deus e o Homem. No Hassidismo, para o qual o *tzadik* é exemplificado pelo Baal Schem e seus sucessores, o *tzadik* é o homem em cuja vida e ser a Torá está encarnada. "O *tzadik* é o homem que está mais determinado que os outros a devotar suas energias à tarefa da salvação pertencente a todos os homens e em todos os tempos e, cujos poderes, purificados e unificados, estão dirigidos para essa única meta... Nele o homem terrenamente "inferior" traz à realização seu protótipo, o homem cósmico, primordial que abrange as esferas. Nele o mundo volta à sua origem. Ele carrega a bênção de baixo para cima e traz a bênção mais alta para baixo. Ele atrai o espírito sagrado para baixo, para junto dos homens. O ser do *tzadik* atua sobre os reinos superiores". Mas aquele que se contenta a servir em solidão não é um verdadeiro *tzadik*. O laço do homem com Deus é provado no mundo humano. O *tzadik* doa-se aos seus discípulos (vários dos quais, em geral, ele abriga em sua casa) transmitindo-lhes o Ensinamento. Ele doa-se à sua congregação na prece comunal e na instrução, é como um guia para suas vidas. Por fim, doa-se na qualidade de confortador, conselheiro e mediador dos muitos que "viajam" (peregrinam) até ele de muito longe, em parte para estar próximo a ele por alguns dias, sobretudo nas grandes festas, "à sombra de sua santidade", em parte a fim de obter sua ajuda para as necessidades de seus corpos e almas.

XALE DE ORAÇÃO: veja TALIT.

COLEÇÃO PARALELOS

1. *Rei de Carne e Osso*
   Mosché Schamir
2. *A Baleia Mareada*
   Ephraim Kishon
3. *Salvação*
   Scholem Asch
4. *Adaptação do Funcionário Ruam*
   Mauro Chaves
5. *Golias Injustiçado*
   Ephraim Kishon
6. *Equus*
   Peter Shaffer
7. *As Lendas do Povo Judeu*
   Bin Gorion
8. *A Fonte de Judá*
   Bin Gorion
9. *Deformação*
   Vera Albers
10. *Os Dias do Herói de Seu Rei*
    Mosché Schamir
11. *A Última Rebelião*
    I. Opatoschu
12. *Os Irmãos Aschkenazi*
    Israel Joseph Singer
13. *Almas em Fogo*
    Elie Wiesel
14. *Morangos com Chantilly*
    Amália Zeitel
15. *Satã em Gorai*
    Isaac Bashevis Singer
16. *O Golem*
    Isaac Bashevis Singer
17. *Contos de Amor*
    Sch. I. Agnon
18. *As Histórias do Rabi Nakhma*
    Martin Buber
19. *Trilogia das Buscas*
    Carlos Frydman
20. *Uma História Simples*
    Sch. I. Agnon
21. *A Lenda do Baal Schem*
    Martin Buber